ON N'EST PAS SÉRIEUX
QUAND ON A DIX-SEPT ANS

BARBARA SAMSON

On n'est pas sérieux quand on a dix-sept ans

AVEC LA COLLABORATION
DE MARIE-THÉRÈSE CUNY

DOCUMENT

FIXOT

ISBN : 2-253-13947-5 - 1re publication - LGF
ISBN : 978-2-253-13947-8 - 1re publication - LGF

A mon père, ma mère, mon frère,
ma sœur.
A ma grand-mère
A Éric.

C'est peut-être cela que l'on cherche toute sa vie, rien que cela, le plus grand chagrin possible, pour devenir soi-même avant de mourir.

Louis-Ferdinand CÉLINE

ON N'EST PAS SÉRIEUX
QUAND ON A DIX-SEPT ANS

Grincement de pneus dans une cour de parking privé, centre de repos Les Pervenches, soleil du Midi sur un parc d'arbres et d'oiseaux.

Je lève le nez vers un bâtiment clair, un balcon, un regard. Jamais vu ce regard, et pourtant je le reconnais en un seul échange. C'est lui, c'est le regard qui m'attendait ici, intense, qui me fixe, m'évalue, me jauge, et me dit : « Tu es pour moi. »

Il a les cheveux noirs, bouclés, à hauteur des épaules, est allongé sur une chaise longue, écoute de la musique que je ne perçois pas, tient à la main un livre que j'ignore. Il observe chacun de mes gestes. Je le sens dans la nuque, en prenant mon sac dans le coffre, sur mes cheveux bruns, qui balaient mon dos.

En me retournant pour dire au revoir à mon père, je le sens toujours qui cherche mes yeux.

Je marche en direction de cet escalier de pierre, sous le soleil d'avril, entre deux regards. Celui du père que je fuis, celui de cet inconnu qui m'attire.

On n'est pas sérieux quand on a dix-sept ans, le coup de foudre vous atteint en plein cœur, comme une chose évidente, l'événement qui nous est dû depuis toujours. On ne l'appelle pas coup de foudre, on ne le nomme pas. Il est sensations, chaleur sur les joues, palpitations légères au creux de la poitrine, vide dans les entrailles. Le corps retient son souffle, avance, pose pour ce regard, rien que pour lui, impatient d'être beau, anxieux de disparaître comme il est apparu, avec tout son mystère.

C'est si beau, le mystère. Si éphémère et si violent de douceur, cet échange silencieux entre deux personnes. L'une qui arrive, l'autre qui attendait.

Je rêve ma vie depuis l'enfance.

Je voudrais m'aimer, être belle, calme, inaccessible, le

genre de fille que l'on respecte, que l'on approche avec précaution, que l'on aime par-dessus tout. Et par-dessus tout je voudrais que l'on m'aime. Un jour le prince viendra.

Avoir dix-huit ans, être libre de l'enfance, majeure évadée des déjeuners de famille, aimée par un...

Quand je rêve à cet amour-là, je n'arrive pas à le nommer, à me dire un « type », un « mec », un « homme », un « garçon ». Il n'a pas de nom celui qui se promène dans mon rêve. Il aura le sien, et je le trouverai beau.

Quand je rêve à cet amour-là, l'image est précise, en couleurs. Je sens, je vibre, je vois tous les détails, l'image est parfaite. Il y a deux chevaux, en haut d'une falaise. Nous sommes deux cavaliers qui contemplons le soleil couchant derrière la mer, orange et rouge. Je vois des petites vagues s'égratigner au pied de la falaise, ourlées d'une blessure de dentelle blanche, sous le vent léger. Pas de musique, un grand silence. C'est une contemplation.

Lui, brun, les yeux verts, la peau dorée, ni trop blanche ni trop mate, les cheveux flottant sur la nuque et au ras des épaules. Il porte un jean délavé, une ceinture, des bottes de cavalier, une chemise blanche à manches longues, ouverte sur la poitrine par trois ou quatre boutons. Une chaîne de baptême autour du cou, et un foulard bleu, noué sur le côté, qui se balance avec le vent.

Moi, je suis en robe blanche de coton toute simple, longue, avec de fines bretelles, un petit décolleté très sage boutonné sur le devant. La taille moulée, la jupe qui s'évase, des chaussures de tennis blanches. Mes cheveux sont lâchés dans le dos, bruns et luisant sur le blanc de la robe virginale. Je ne porte aucun bijou.

Devant nous, le coucher de soleil, le bord de la falaise, quelques mouettes silencieuses que l'on voit passer. Aucun bateau. Juste l'odeur de la marée qui monte, eau salée, algues. Il fait doux. Nous nous tenons la main, nous ne disons ni ne faisons rien. Seul le paysage compte.

Derrière nous, des prairies, où d'autres chevaux libres broutent l'herbe fraîche, une forêt proche, visible. Tout est désert, calme, vert, nous allons galoper côte à côte.

Je le sais doux, généreux. Il aime le travail. Nous partageons la passion des chevaux et du silence de la nature.

Fantasme de mes douze ans, rêve éveillé immobile.

Le mouvement n'est là que lorsque nous galopons,

visage au vent. Il est dans la puissance des jambes des chevaux, ce sont eux qui nous emportent, pas nous qui dirigeons. Les chevaux vont où ils veulent avec grâce et élégance, celle de la liberté totale.

C'est fou, cette image, c'est impossible, ça n'existe pas. Si je racontais ça aux copines du lycée. Ou à la psy...

Si je lui disais ce que je pense vraiment de moi. Que je m'efforce toujours dans la rue de marcher la tête haute, d'avoir une allure, de me grandir, afin de montrer aux autres que je ne suis pas n'importe qui, que l'on ne peut pas m'aborder comme ça en claquant des doigts, ou en me sifflant.

Si je lui disais que la plus belle chose au monde, c'est un cheval, que le plus grand plaisir, c'est de sentir entre mes jambes la puissance de ce galop qui m'emporte.

Il faut une attitude particulière, à cheval, faire attention à ses gestes, à sa position. La prestance est une position magnifique. Je suis bien à cheval, hyper bien. Lointaine comme j'aime.

Si je lui disais que j'ai peur qu'on me touche, peur qu'on m'approche pour me dénuder. Que je suis vierge, sage. Maigre par révolte, fière par exigence, possessive par besoin. Rêveuse par nécessité.

Si je lui disais que je n'aime de moi que l'idée que l'on m'aime ?

Plus rien à lui dire, à cette psy. Sauf que je jette mon assiette, parce que c'est l'assiette que ma mère a mise sur la table. Que je hurle pour prendre une claque qui ne vient jamais. Et que... Rien.

La vraie histoire est à moi. Pas à eux. L'explication, je la trouverai en moi, pas avec elle.

L'attente dans le couloir de ce cabinet de province où la « psy » de Paris ne vient que deux fois par semaine examiner les dégâts des paumés dans mon genre. Nous sommes là, à attendre, presque nez à nez, genoux à genoux, sans savoir où regarder. Elle n'est jamais à l'heure, elle nous donne l'impression de nous accorder quelques précieuses minutes d'une vie qui se joue ailleurs pour elle.

Pas très grande, mince, blonde, les cheveux courts, les yeux bleus, plutôt pâle, des petites lunettes. Elle porte des couleurs très pétantes. Souvent en tailleur. Un fuchsia qui crache bien ou un vert très criard. Des couleurs qu'on voit de loin. Ça ne me plaît pas du tout. Moi, j'aime la sobriété, les couleurs sombres, à part les jours en rouge.

J'avais l'impression qu'elle se foutait de ma gueule plus qu'autre chose quand je commençais à lui raconter mes trucs. Et puis je ne voyais pas ça comme ça, une thérapie. Il y avait un divan et des fauteuils, elle m'a demandé de choisir ; évidemment, j'ai pris le fauteuil. Le divan, ça faisait vraiment image d'Épinal, je ne voulais pas de ça.

J'ai accepté la psy pour calmer tout le monde. Et j'espérais aussi que cela m'apporterait le calme. Mais je n'avais pas confiance du tout. Des séances d'une demi-heure. J'y suis restée six mois à peu près. Au début, j'y allais toutes les semaines, après j'ai espacé tous les quinze jours.

Un jour, elle m'a fait un test de coefficient intellectuel. Je me trouvais nulle, je me disais : « Tu vas encore entendre une mauvaise nouvelle, elle va te classer attardée mentale. » Je faisais une phobie là-dessus. Au résultat, elle a dit.

— C'est assez extraordinaire, vous avez un coefficient intellectuel de 134, c'est au-dessus de la moyenne…

J'ai répondu :

— Ah bon.

— Vous êtes dans les gens qu'on appelle — je n'aime pas ce mot — surdoués. Vous pourriez faire un doctorat facilement.

C'était assez flatteur, mais je n'y croyais vraiment pas. Non, je ne me considérais pas comme une surdouée ; c'était l'échec à l'école, j'avais des mauvaises notes presque partout, j'étais une feignasse, je ne foutais rien. Je bossais simplement les matières que j'aime, français et histoire. Le reste, je m'en balançais.

La situation avec les parents ne s'arrangeait pas ; au contraire, ça se dégradait de plus en plus. On arrivait au mois d'avril, l'école était bientôt finie, je n'y allais pratiquement jamais, l'année scolaire était fichue pour moi d'une manière ou d'une autre. Je redoublais déjà ma seconde. Je ne voulais même pas continuer, je ne me donnais même plus la peine de travailler.

— Mon petit, il faut vous éloigner de chez vous.

A la maison, je ne faisais rien, pas plus le ménage que la cuisine. Ailleurs, chez des gens, j'aurais sûrement fini par craquer en faisant des efforts à contrecœur. Sûrement en violence, et je ne me vois pas casser les objets d'une autre famille que la mienne.

J'ai beaucoup cassé. Toujours dans ma chambre. Des vêtements déchirés. Des petits bibelots qui traînaient, une lampe de chevet. Envoyer valser le radio-réveil, les cassettes vidéo, les bouquins… Ce qui me tombait sous la main, et généralement des bibelots. Je me vengeais sur les objets. Je ne frappais pas. Si, mon frère. Je lui ai tapé dessus, et lui me tapait dessus également. On a eu des crises de violence infernales tous les deux. On en arrivait souvent aux mains. J'étais plus forte que lui. Alors, il se réfugiait dans sa chambre, il prenait sa guitare qu'il menaçait de me balancer à la figure.

— T'approche pas ou j'te la casse en deux sur la tronche.

On se faisait mal. On en pleurait de rage. Il m'arrachait des poignées de cheveux. Et moi, je lui foutais des gifles ou même des coups de poing, sur le dos ou sur la poitrine. On a un peu le même caractère, lui et moi. Lui, c'est pareil, quand il explose, c'est des crises de violence. Il n'est pas du tout anorexique. Il adore mes parents, c'est les bisous, c'est « Maman, je t'aime », « Papa, je t'aime »… Et quand il pleure, il pleure, il ne se cache pas. Moi, je ne mange pas, et je ne pleure pas devant les autres. Indécent.

Où peut-on vivre lorsqu'on est comme moi ? La psy avait une réponse : ailleurs, n'importe où.

— De toute façon, Barbara, si tu n'y vas pas, dans ce centre, il faut quand même que tu partes. Si ce n'est pas le centre de repos, c'est l'internement, c'est l'hôpital psychiatrique.

J'ai flippé. Je me suis dit : « Barbara, calme-toi, vas-y et force-toi à manger. »

Mon père est sur la route du retour vers Chartres. J'ai eu du mal à l'embrasser. J'ai toujours du mal avec eux, les parents, et les autres. Du mal à embrasser la terre entière. Comme un réflexe de recul, une méfiance du corps.

Je l'aime, ce père, sans jamais oser le lui dire ou le lui faire sentir. Il supporte toutes les violences, celle de ma mère, la mienne. Sa profession dans la vie, c'est de ramener le calme entre nous deux, les deux femelles.

Combien de flirts ? Cinq ou six, depuis mes douze ans. Bruno, le premier, il me trouvait géniale. Il a dit à une copine de CM2 : « Barbara, c'est pas un cageot. » Une autre copine, une nouvelle arrivée en cours d'année, me l'a volé. Une blonde. Je n'aime pas les blondes. Gros chagrin. Mais j'étais la première de la classe, elle n'était que la deuxième. Bonne élève et gros chagrin.

Le dernier, c'est David, j'avais seize ans, l'année dernière. Deux jours après une tentative de suicide. Une parmi d'autres. Toujours la même chose : une boîte de pilules dans l'armoire à pharmacie — celle de ma mère —, lavage d'estomac, et on recommence.

Toutes les copines, ou presque, ont déjà eu des rapports sexuels. Pas moi. Je ne suis pas comme tout le monde. J'y pense très fort, je sais que ce sera difficile et que je ne suis pas prête. J'ai peur de tout. De la nudité énormément, de la proximité des corps. Pourtant, je sens l'impatience. Mais il faut découvrir le bon garçon.

Les garçons parlent mal des filles, ils disent « baiser » tout le temps. Au fond, je les connais mal. Et en tout cas, je ne ferai jamais le premier pas. Surtout pas.

J'ai l'impression d'être un oiseau, un de ces oiseaux qui traversent les océans, l'Atlantique ou le Pacifique, qui ont subi toutes les tempêtes du monde, tous les orages du monde, qui n'ont même pas eu le temps de sécher leurs ailes et sont complètement ébouriffés de partout, qui ont la nausée, le mal de mer, qui ne sont plus capables de se poser quelque part sans avoir peur de dégringoler de la branche.

Confusion mentale. Où est le début de mon histoire ?

J'ai repoussé mon assiette, tapé du poing sur la table, j'ai pris un couteau et j'ai menacé. De me tuer, de me trancher une veine. Peut-être de tuer qui oserait m'approcher. A cause d'un flan. J'ai hurlé, tapé, je me suis laissée partir en un éclat de violence somptueux, libérateur. J'étais ivre d'une révolte que je bois consciemment comme un poison mortel depuis mes douze ans, peut-être.

C'était quand, la dernière fois ? Il y a six mois... des siècles. Avec les ombres de l'hôpital, de la « psy », mes colères, mes larmes seule dans ma chambre. Ne jamais pleurer devant les autres, c'est indécent.

Tout est confus dans ma tête, à part cette histoire de flan, et de couteau. Je ne sais plus à qui j'en veux ; à moi ou aux autres.

On m'a larguée dans la nature en me disant de changer d'assiette, en quelque sorte. Et me voilà dans ce centre. On m'a enfermée quelque part pour me faire manger, pour combler ma violence à coups d'assiettes pleines. Je hais la bouffe. Je me hais d'avoir un problème avec ça.

Cet endroit est rempli de vieux et de gros. Ils m'ont regardée comme une extraterrestre.

Présentation, admission, visite rapide chez le médecin qui ne dit mot, attribution d'une chambre au cinquième étage. Envie de pleurer ; tristesse pathologique, désert affectif, dirait la psy qui m'a expédiée ici. Je range mes affaires. Livres, musique, une peluche pour la sécurité.

Les arbres sont au loin, je n'irai pas en promenade.

Premier dîner à 6 heures. De la polenta. Je ne connaissais pas. Le genre de nourriture qui se laisse avaler. Je chipote, comme d'habitude ; faire semblant d'être à table, et puis filer.

Il est là, dans mon dos. Je ne vois pas son visage, je sens sa présence, devine son attitude à coups d'œil furtifs. Le jean délavé, les reins en retrait du dossier, les jambes étendues, décontractées, cool. Les visages qui l'écoutent semblent le trouver gentil et poli.

Ne pas faire de bruit en repoussant l'assiette, se lever, tête haute, et disparaître dans la chambre. Cinquième étage, ascenseur. Personne, tant mieux.

Chambre donnant sur le parc, petit lit d'une personne, salle de bains. J'ai demandé la télévision, je l'aurai demain.

Pleurer. Être triste. Se laisser bercer par l'angoisse. J'ignore ce qu'on me réserve ici. J'ai dû m'endormir sur mon magazine, avec Claudia Schiffer en couverture. Belle… Je ne me suis jamais trouvée jolie, mais j'attire toujours les regards.

Il a l'air assez jeune, la trentaine. Je me demande ce qu'il lisait.

Quelqu'un qui lit un livre ne peut pas être ordinaire.

J'ai dix-sept ans, qu'est-ce que je viens faire ici ? D'ailleurs, qu'est-ce que je fous n'importe où ?

Je ne ressens plus grand-chose. Ma colère dort. J'apprends la patience, on verra bien.

SOUS LES TILLEULS VERTS DE LA PROMENADE

— Je l'ai vu en arrivant hier, il était sur le balcon, il bouquinait. Il me regardait comme maintenant. Tu le connais ?

— Pas plus que ça, il a l'air d'un dragueur.

Mon coup de foudre est un dragueur ?

La fille en face de moi, Sophie, ni très jolie, ni très fine, et très blonde, fait la moue en disant :

— Je sais même pas son nom…

— Bonjour.

— Bonjour.

Jeu de chats.

Deux jours que nous nous croisons, avec des bonjours plats et des regards intenses. Il n'est pas le beau prince de mon rêve, mais il est beau à sa manière à lui. Brun des yeux, avec ce regard doux et fixe en même temps, qui ne lâche pas l'autre. Le teint assez pâle, mais un accent du Midi.

Il parle à tout le monde, dit bonjour à tout le monde, mais ne regarde que moi.

Depuis deux jours je n'ose pas sortir. Je n'aime pas me balader toute seule. Aller dans le parc, ou dans un café, boire un jus de fruit ou un chocolat, quand on est toute seule, ça n'a pas de sens.

Personne à qui parler, à part Sophie et sa boulimie. Plus un voisin de table, diabétique et cravaté. J'ai la tête vide.

J'ai commencé à écrire, à mes parents, et surtout à ma meilleure amie.

Je lui décris la clinique, la chambre impersonnelle. Je lui dis que je n'ai rencontré personne pour le moment. Qu'il y a beaucoup de vieux, très peu de jeunes. Que je m'emmerde pas mal. Que je n'ai que la télé et mes bouquins. Je lui dis que j'espère aller faire un petit tour du côté d'Aix-en-

Provence. Et puis je lui demande des nouvelles de Chartres, si ça bouge là-bas, ce qui se passe en ce moment, ce que font les copines du lycée, des trucs comme ça.

Je m'emmerde, je me fais chier, on se glande... c'est le genre d'expressions que j'emploie avec elle, notre jargon. Il n'y a pas vraiment d'élégance là-dedans.

Mais je n'écris plus de poèmes pour l'instant. J'essaie de grandir en lisant ceux des autres. Rimbaud, Shakespeare, Musset.

Souvent, pour rejoindre ma chambre, au cinquième étage, je prends l'ascenseur, je suis fainéante, les marches ça ne me branche pas. Le sport non plus. A part le cheval, ma passion. Mais dans l'état où je suis, j'aurais du mal à me tenir sur un cheval. La tête qui tourne, les jambes qui flanchent... A force de refus.

A la maison je demande :

— Qu'est-ce qu'on bouffe ?

Ma mère me répond, par exemple :

— Côtes d'agneau

Alors je dis :

— Encore ! J'en ai marre, toujours la même chose.

Ma mère me répond :

— Tu refuses de manger certains trucs, j'essaie de te faire les choses que tu aimes.

— Donc, c'est l'agneau, le porc, le rosbif ou la viande hachée, et les escalopes de dinde. Toujours de la viande... Les légumes, ça passe. Moi, j'en ai marre de toujours bouffer la même chose !

— Oui, mais c'est ça ou c'est rien... Tu ne manges rien, sinon.

Bref, la discussion démarre et je repousse l'assiette. Je refuse tout ce qu'elle propose. Parce que je n'aime pas ça, parce que manger de l'agneau ce n'est pas bien, parce que ce petit animal est gentil, alors pourquoi je le mangerais ? Le bœuf, je veux bien, la viande hachée, ou du rosbif aussi, mais le bifteck, ça passe pas. Le steak haché non plus. Alors que la viande hachée, ça marche. C'est curieux. Et je ne sais pas pourquoi. C'est stupide d'en arriver là pour un steak ou une côte de porc. Mais je ne me vois pas faire un effort. S'il me faut manger, je mange des gâteaux, des trucs comme ça. Mais qu'on ne me parle pas de viande, de faire un repas normal, convenable. Un repas, c'est se retrouver tous en famille. Et ça, je le refuse, je fais tout ce que je peux pour ne pas être présente aux repas de famille. Donc je refuse la cuisine de ma mère. Par contre, j'irai plus tard avaler une pizza ou m'acheter un sandwich. Au lycée, je refuse aussi la cantine. Et si je peux éviter de rentrer à la maison à midi, je m'offre le « casse-dale » avec « la » copine, ou on se fait un petit resto.

Ici, c'est déjeuner à midi, dîner à 6 h 30 ! L'horreur.

Des gens dans l'ascenseur me parlent, me demandent pourquoi je suis là. Alors, je leur explique l'anorexie, etc. Ça ne m'emmerde pas vraiment qu'on me le demande. A eux, je n'ai pas besoin de demander pourquoi ils sont là, c'est visible, ils sont là pour maigrir. Moi, je ne suis pas grosse, alors évidemment ils me demandent qui je suis, mon âge, mon nom.

Pas lui. Il n'a pas l'air curieux de moi, lui.

Nous ne nous sommes pas présentés. Jusqu'à ce déjeuner, deux jours après mon arrivée, j'ignorais qui il était.

Frisson dans le cou, il se penche à ma table.

— Au fait, est-ce que tu aimes lire ?

— Oui, j'adore la lecture.

— On pourrait se retrouver après le déjeuner ? On s'attend dans le couloir ? J'ai écrit quelques textes, j'aimerais que tu les lises, que tu me donnes ton avis.

— O.K.

C'est étrange. Il n'a pas une tête à écrire. J'ai toujours pensé que les gens qui écrivent ont une sensibilité qui doit apparaître sur leur visage. Et aussi que cette passion est réservée aux filles. Étonnant, un garçon qui écrit, de nos jours. Surprenant qu'il me propose à moi, une inconnue, de lire ses textes. Pourquoi moi ? Tentative d'approche, ou parce que je suis différente des autres, ici ?

Son regard est troublant, mais je n'y décèle pas cette sensibilité particulière dont je parle. Il est ici pourquoi ?

La grosse Sophie ne m'est pas d'un grand secours.

— Il sort de l'hosto, d'après ce que j'ai compris. Convalescence.

— Il dit qu'il écrit des textes, c'est curieux, non ?

— Tu verras bien. C'est dégueulasse, les brocolis. Tu ne manges pas ton fruit ?

Nous n'avons pas les mêmes valeurs, cette grosse fille et moi.

Il m'attend dans le couloir, souriant. Je le vois réellement de près pour la première fois. Mince. A partir de la taille : le torse musclé, les épaules larges qui bougent sous son sweat-shirt.

— Tu viens ? C'est dans ma chambre.

Il me trouve belle. Son regard le dit encore. Nous montons jusqu'à sa chambre, au premier étage. Là où est le balcon d'où il m'a repérée sous le soleil.

Nous parlons de choses banales. Je m'entends répondre :

— Anorexie. Il paraît que j'ai des problèmes avec ma mère. Mais je me sens bien.

Bien... ce n'était jamais vrai jusqu'ici. Mais avec lui, je me sens à la fois bien et inquiète. L'espoir de vivre quelque chose.

— Et toi ?

— Cool, pas de problème.

Je l'ai entendu dire « cool » dix fois dans une phrase. Il semble associer ce terme à n'importe quelle situation. Il est cool, le temps est cool, cool, mec... cool, le temps qui coule.

Il me tend un cahier d'écolier à spirale. Je le feuillette rapidement. Des petits textes. J'attendrai d'être seule pour les lire vraiment ; à première vue cela paraît intéressant. Ce garçon est particulier, ce n'est pas n'importe quoi, ce qu'il a écrit. Il y a des bouquins partout dans sa chambre, une tonne de cassettes, il me fait écouter successivement les Doors et Fleetwood Mac.

— Tu aimes ?

— J'aime bien, mais je n'écoute pas vraiment ce genre de truc, je ne me suis pas intéressée à ce style de musique. Tu aimes Gainsbourg ?

Bavardages. J'examine le désordre ; le lit sur lequel il se jette a été fait par la femme de ménage, mais tout autour c'est le bordel. Livres, cassettes, vêtements éparpillés. Le ménage n'est pas son truc. Quelques cartes postales de chanteurs épinglées au mur. Sympa. Un peu hippie, le genre baba cool.

Il dit qu'il a vingt-huit ans, que Jim Morrison est son dieu de musique et de bibliothèque. Je me sens nulle, je ne connais pas. Une autre époque pour moi. Vingt-huit ans, dix-sept ans. Il est adulte, au fond, un peu soixante-huitard attardé, mais attachant et passionné dans ce qu'il dit sur la musique, les textes des chansons.

Il fume énormément. Pas moi. Quelques cigarettes à mon actif, sans plus.

— Je vais partir, maintenant.

— Comment tu t'appelles ?

— Barbara.

— C'est un très beau nom, Barbara.

— Et toi ?

— Moi, c'est Antony.

J'avais envie qu'il me le dise, mais il a fallu que je demande.

Je me sauve, le cœur battant à cent à l'heure, le cahier contre moi, heureuse. Je viens de rencontrer un type bien. C'est à moi qu'il a proposé de lire ses écrits. Quelque chose de très personnel, c'est donc qu'il s'intéresse vraiment à moi, autrement que pour draguer bêtement. Une jolie manière de faire connaissance.

Je m'assieds devant le petit bureau, sur la chaise. Je pose le cahier, l'ouvre avec cérémonie, remplis un verre d'eau. Je n'aime pas lire n'importe comment, à plat ventre sur le lit, par exemple. Un écrit, c'est quelque chose d'important, qu'il faut respecter.

Je dévore les premières pages, vite, vite, je n'ai qu'une demi-heure avant la sortie promise à la copine Sophie.

Je ne comprends pas tout, au début. Il parle de mort, d'amour, ce sont des pensées construites, mais difficiles à cerner.

Instant glacé près de l'étang
Le vol d'un couteau
La mort du serpent
Je connais la mer mensongère
Quand les chiens glapissent
Je suis l'oiseau de la mort
Nuisible oiseau de la nuit.

La mort, toujours la mort, en une vision très personnelle, puissante, forte. C'est drôle de penser à la mort à son âge, il n'est pas vieux. Et lorsqu'il parle, il ne ressemble pas à ce qu'il écrit. Léger accent du Midi, très marseillais, tout en rondeur. Il parle correctement, mais il n'a rien de littéraire. Il est vrai que lorsque j'écris moi-même, je cherche le mot juste, celui qui sonne le mieux. Ce doit être pareil pour lui. On ne peut pas faire de la littérature en parlant. Ridicule.

Le cimetière, la pierre tombale, la pierre obscure, le sable et la lune s'accouplant loin dans la nuit, homme appât, ta chair pend à l'aile du corbeau, l'oiseau de l'homme, l'âme du poète.

Frissons. Je suis impressionnée. Je ne pense plus qu'à ce cahier, rangé dans le tiroir de la table de ma chambre, tandis que nous faisons les vitrines du patelin avec Sophie.

Fascinée. Je regrette de ne pas avoir emporté ce cahier pour le lire, pendant qu'elle traîne devant les étalages, ou ingurgite un croissant. J'ai hâte de retourner m'enfermer pour lire, découvrir les autres textes. Excitation, curiosité ; une foule de questions dans la tête.

Il a une écriture de cochon, j'ai relevé des fautes d'orthographe étonnantes, pas de ponctuation. Comment fait-il pour penser et écrire des mots aussi puissants avec une écriture aussi irrégulière, aussi torturée ? C'est incohérent.

Et pourtant c'est beau, attendrissant, de découvrir un verbe mal conjugué qui dit :

Nous cherchont *à* ateindre *la mort au bout d'une bougie. Nous* essaiont *de trouver quelque chose qui nous a déjà* trouver.

Et aussi :

Maintenant *j'ai une fille à moi, une fille qui* m'atend *au moment tendre, une fille à moi, elle est le monde, elle est mienne.*

J'ai tout lu. J'ai rêvé sur cette fille qui est sienne.

A l'heure du dîner, il n'est pas là, je m'installe, ne mange rien comme d'habitude ; en quelques minutes le repas est fini.

Il est arrivé en retard, il est encore à table. Je ne peux

pas me lever pour aller le voir et lui dire devant tout le monde que j'ai lu ses textes. C'est trop intime.

Nous montons dans ma chambre, avec la copine Sophie, regarder la télé ensemble, puis changeons d'idée. *Je* change d'idée.

— Si on allait chercher Antony, pour passer la soirée dans la salle de musique ? Ce serait plus sympa que de regarder ça…

Il est avec un copain, nous nous installons pour discuter. Antony se penche :

— Quel âge tu as, Barbara ?

— Quel âge tu me donnes ?

— Vingt-deux ans…

— J'en ai dix-sept…

Son visage recule. Il recule vraiment. Il me trouve jeune, il prend ses distances. Je le sens. Et moi, je suis mal à l'aise. Godiche, nunuche, trop jeune pour un type comme lui.

Je veux me rattraper :

— J'ai tout lu, je trouve ça très très bien.

— Si vite ? Déjà ? T'as tout compris ?

— Je pense avoir compris. Ce n'est pas parce que j'ai dix-sept ans que je suis illettrée ou incapable de comprendre ce genre de truc.

Il semble impressionné.

— Tu veux que je te rende ton cahier ?

— Non, non… Attends, garde-le, tu me le rendras quand on pourra en discuter. J'ai envie qu'on passe un peu de temps sur certains poèmes, que tu me donnes ton point de vue, et moi le mien.

Au fond, tant mieux. Certains textes m'ont gênée, trop crus, trop violents, je n'ai pas totalement compris. Cela me permettra de les relire.

Nous dansons, et je me dévergonde. Je fume parce que tout le monde fume. La veille rien, et tout à coup, je parle clope, je vide mon paquet, je danse avec les autres, la gêne s'est dissipée. J'ai dû me tromper sur lui, il n'a pas peur de mon jeune âge, puisque j'ai compris ce qu'il écrit. Nous en parlerons, je l'aiderai à faire attention à l'orthographe. D'où vient-il et que fait-il pour être aussi négligent là-dessus ?

— J'ai fait une fac de lettres, cool, je me suis pas attardé… Trente-six métiers… pour la thune !

Désinvolte, inquiétant de liberté affichée, pas même conquise de haute lutte comme je tente de le faire depuis mon enfance. Je me fous du monde entier, dit-il sans le dire, dans l'attitude, les gestes, le demi-sourire, l'auréole des poèmes que je trimballe dans ma tête depuis le matin.

Barbara… Tu ne vas pas tomber amoureuse de ce… de ce type en deux jours ? Sous prétexte qu'il t'a regardée du haut d'un balcon, sous prétexte qu'il ondule devant toi comme un serpent, sûr de te fasciner ?

On est là, à danser. Loin des corps et près des yeux. Il ne ressemble à rien de ce dont je rêvais, à rien de connu chez moi, à Chartres. Il sent l'aventure, la galère acceptée, une vie de n'importe quoi. Il sent la souffrance, aussi, l'air d'avoir mon âge sans en avoir la couleur. Il n'est pas de mon milieu petit-bourgeois tranquille, papa maman qui travaillent ; il ne parle de rien, ni de famille ni de ce qui l'a amené là. Il a l'air… revenu de tout et de rien, flottant dans la vie, au gré de la minute qui dérive : Je suis là, on est bien, je te trouve belle, je danse devant toi, avec toi, je parle mal, je parle cool, mais je parle d'oiseau de mort et d'étang verdâtre.

Qui est celui-là ? Je suis lasse de me poser des questions.

— Je vais me coucher. Tiens, après tout, je vais te rendre ton cahier, on en reparlera demain, ce soir, je suis nase. J'ai une cassette de Gainsbourg, tu la veux ?

— Je veux bien.

Je monte dans ma chambre au cinquième, je redescends vers la sienne au premier. Je ne pense pas « chambre », intimité, enfermement à deux, je pense au cahier et à la musique, je tends les deux trésors.

— Entre, on va l'écouter.

Nous écoutons, et tout compte fait nous parlons de ses textes, des mots, du plaisir des mots.

Il dit :

— Je suis assez fier de ceux-là, j'en ai d'autres en tête.

2 heures du matin. Gainsbourg ne s'essouffle pas. Nous avons parlé, parlé, et beaucoup ri.

C'est là que tout a commencé. Cette nuit-là. La nuit du 6 au 7 mai 1992. La première nuit de ma vie.

3 heures du matin.

Je prends mes affaires, mon sac, je suis fatiguée, j'ai besoin de dormir, d'aller rêver à tout ça. De m'éloigner du beau serpent aux boucles luisantes, d'aller réfléchir sur ce contraste. Voyou poète, poète voyou. Tendre et respectueux, vulgaire et séduisant, inconnu et pourtant si proche. Homme.

Je ne te connais pas. Tout ce que je sais de toi, c'est que tu me fais oublier mes problèmes d'adolescente, mes hurlements d'enfant acharnée à réclamer l'amour comme un droit, un honneur à me rendre. Oublier la mère ennemie, le père trop consentant, la sœur qui sait tout faire, le petit frère qu'on adore. Oublier le lycée, la classe de seconde redoublée, les assiettes qui volent, les pilules avalées rageusement, l'estomac qui vacille. Tout ce que je sais, à cette minute de cette nuit-là, c'est que la foudre ne m'a pas quittée depuis deux jours, que tu trottes dans ma tête, installé pour y semer le désordre attendu. Le vrai désordre de l'amour, celui qui dérange, déplace, bouscule, questionne en silence. Qui rend les mains trop moites et le front trop chaud, glace le ventre, et pique les yeux d'une insupportable attente.

J'aime l'attente, j'aime le feu qui me guette. Demain et les autres jours seront sûrement délicieux, nourris de cette attente.

Il a disparu dans la salle de bains. Prête à partir, assise droite sur la chaise raide et affreuse du centre de repos Les Pervenches, j'écoute les petits bruits de l'eau. Cette intimité soudaine me désarçonne et me gêne. Mais les hommes sont ainsi, dit-on, ils vont « pisser » avec désinvolture et reviennent sans y penser.

Il revient, en effet, se dirige droit sur moi et m'embrasse.

Figée, Barbara. Cette bouche qui me prend avec une telle assurance, une telle expérience, c'est pire que tout. Le flirt était jusqu'ici un amusement que je dominais, une sorte d'obligation de transgresser l'enfance. Normalement, il ne va jamais plus loin que le sort que je lui réserve. Interdit de me toucher, de me palper, d'aller au-delà de ce que mon corps accepte.

Or mon corps, ici, accepte le plus loin, le toucher de l'autre, les caresses. Je n'ose pas dire non, reculer, paraître stupide et le faire fuir. Pourvu que ce baiser dure une éternité. La surprise y est pour beaucoup. Mais je reste gênée, sur la défensive, et il le sent. Je précède la question, vite :

— Excuse-moi. Ce soir, je ne me sens pas en forme.

— Tu n'as pas envie de faire l'amour ? Moi, si.

— Non.

— Non quoi ?

Il croit que j'ai déjà eu des rapports sexuels. Il n'imagine pas le contraire. Je me vois mal dire tout bêtement : « Je suis vierge. » On a honte d'être vierge aux yeux des autres. Fière pour soi, parce qu'on a décidé de choisir, d'attendre le bon moment, parce qu'on espère aussi que ce sera superbe et inoubliable, même si ça fait mal... Mais honteuse de l'affirmer. Tant de fois j'ai retourné cette histoire-là dans ma tête. Impossible de m'y résoudre, d'imaginer les images, le corps à corps, les nudités. Tout ce que j'ai lu, tout ce qu'on m'en a dit, les copines surtout, se résume en peu de mots : « C'est moche la première fois, après c'est super. »

Débrouille-toi avec ça, Barbara. Il y a sûrement des filles que le corps à corps ne torture pas à ce point. Qui se jettent à l'eau comme des sirènes, sans savoir mais à l'instinct. Mon instinct à moi est différent. Une pouliche qui recule devant l'étalon. La peur de détruire le rêve.

— J'ai pas envie. Pas ce soir, laisse-moi un peu de temps, peut-être plus tard... Je vais monter me coucher.

— Dis-moi ce qui ne va pas. C'est moi ? Je t'ai gênée ? J'ai fait quelque chose ?

Nous sommes couchés à l'étroit, l'un près de l'autre, à demi déshabillés. Je lui tourne le dos, ma joue s'écrase sur un coin d'oreiller, mon soutien-gorge me scie l'épaule, je respire mal.

— Non, pas du tout, tu me plais, j'ai envie de continuer, mais pas ce soir, je n'ai pas envie ce soir.

— Pourquoi ? T'es séropo ?

La sécheresse de ces trois syllabes me cueille à froid en pleine tête. Je me retourne d'un bloc, stupéfaite :

— Pourquoi tu me demandes ça ?

— Je sais pas... Actuellement, on en parle tout le temps, il y a tellement de cas de séropo...

— Non, bien sûr que non ! Je ne suis pas séropo...

Je suis tellement choquée que j'avoue mon horrible petit secret dans la foulée :

— … Je suis vierge, tout simplement.

Il éclate de rire. Il ricane, il se fiche de moi.

— Arrête tes conneries ! T'es pas vierge, je le crois pas, ça ! C'est pas possible !

— Si tu ne me crois pas, tant pis, mais c'est vrai.

Silence. Dos à plat, regard au plafond. Je donnerais cher pour être dans ma chambre, sous mon drap, recroquevillée en chien de fusil, ma peluche sur l'oreiller. Je donnerais cher pour que cette conversation n'ait pas eu lieu. A cette minute, je me sens si humiliée et si coupable d'innocence que je ne pense même pas à lui demander s'il ne l'est pas, lui, séropo, comme il dit…

Pourquoi demander ça ? Pourquoi pas autre chose ? Je m'attendais à la question classique et gênante : « Tu as tes règles ? », ou tes ragnagnas, ou autre synonyme misérable que les garçons utilisent dès que l'on manifeste un peu de recul ou de mauvaise humeur… Mais non : séropo !

Il vit dans un univers différent du mien, il a de l'expérience, il sait tout cela, alors que je n'y ai pas pensé une seule seconde.

Naïve Barbara. Vierge Barbara. Qui n'ose plus bouger, se lever, ramasser ses fringues et filer. Qui prend une contenance, qui parle d'autre chose, en regardant le plafond. De tellement autre chose que je ne m'en souviens plus. Et qui fait semblant de s'endormir, là, serrée près de ce corps d'homme au repos, qui ne la viole pas, qui n'essaie pas de la forcer, qui n'en parle même plus, tout simplement. Gamine. Demain, je l'aurai perdu. Je ne veux pas le perdre, mais c'est fichu. Je bousille toujours tout, je gâche tout, je suis une conne prétentieuse. Où est le problème ? Pour lui, ça a l'air si simple. Faire l'amour, c'est faire connaissance, un point c'est tout. C'est cool.

Et puis, j'ai la pilule. Ma mère m'a permis de la prendre à quatorze ans, non par précaution maternelle, en prévision de turpitudes quelconques, mais tout simplement pour régulariser un cycle trop perturbé. Les gamines anorexiques comme moi ont ce genre de problèmes, comme si elles avaient du mal à être femmes. Du mal à vider une assiette, du mal à suivre les lunes, du mal à vivre.

Éreintée, la bouche sèche d'avoir trop fumé, je reste ainsi coincée sur ce lit étroit. Ma première nuit avec un homme.

Il dort déjà ; je n'ose pas bouger. Avec comme seul prétexte : « S'il se réveille, s'il voit que je ne suis plus là, il va se poser encore plus de questions sur moi. Je ne veux pas qu'on se quitte comme ça. »

J'ai très peu dormi, j'ai réfléchi tout le restant de la nuit, avec une envie de parler monstrueuse, en repassant dans ma tête tous les événements de cette soirée bizarre. Tout ce qu'on s'est dit, ce qu'on a fait, les textes du cahier à spirale, Gainsbourg, le baiser, les caresses, cette proximité. A ma virginité aussi. J'étais bien dans ses bras, au fond, j'avais envie de le faire, mais si peur, et puis pas comme ça, pas dans une chambre de clinique. Pas juste le premier soir, pour qu'il me lâche le lendemain matin. Perdre sa virginité sur un coup de tête, non. Je ne le connais pas suffisamment. J'ai bien fait.

Et si quelqu'un arrive, si quelqu'un nous trouve là, sur ce lit, à moitié déshabillés ?

Je n'ai pas dormi du tout, en fait. Au matin, je suis debout bien avant lui. Il est 7 heures. Je ne vais pas rester couchée. Un coup d'œil sur le corps assoupi : il ronfle légèrement, lèvres ouvertes, torse nu, le jean en bataille. J'ai l'impression d'être indiscrète.

J'enfile mon tee-shirt, ramasse mon sac. Sur le balcon je serai à l'abri de ma gêne et des visites impromptues. Les volets sont légèrement fermés, personne ne peut me voir de l'intérieur, et, à l'extérieur, c'est un matin calme, le parc est désert. De loin, pour un œil curieux, je ne suis qu'une patiente des Pervenches au balcon de sa chambre.

L'heure avance, il y a un peu de passage, des gens qui ont décidé de marcher pour maigrir, des silhouettes inconnues, un oiseau qui piaille sur une branche.

Je réfléchis en fumant, l'estomac creux, à ce que je vais faire. Va-t-il m'en vouloir, ou pas ? Que va-t-il dire en se levant ? Je suis mal. Tellement mal.

L'infirmière ne frappe pas à la porte, elle a un passe. Elle dépose quelque chose sur la table. Il est 7 heures et demie.

Je ne bouge pas. Assise par terre sur le balcon, je prends la précaution de ne pas faire de bruit, j'écoute. J'entends l'infirmière dire bonjour à Antony et repartir. J'entends la porte se refermer, Antony se lever. Alors, je me faufile dans la chambre.

— Ah, t'es toujours là ?

Je réponds platement :

— Oui, comme tu vois, je prenais un peu l'air, ça fait une heure que je suis réveillée.

Il me demande si j'ai bien dormi, des banalités.

Sur la table l'infirmière a déposé des médicaments. Je ne veux pas poser de questions personnelles. Il a dit à la cantonade qu'il sortait de l'hôpital ; j'imagine une opération, ou un accident.

Il disparaît une seconde dans la salle de bains. Bruits d'eau, intimité à laquelle je n'ai pas droit, que je ne mérite pas. Cette nuit passée ensemble n'est qu'un malentendu. D'ailleurs, il n'en parle pas, et moi non plus. Indifférents l'un et l'autre, lui peut-être réellement, moi en apparence.

Il revient le visage mouillé, passe les mains dans ses cheveux, enfile le sweat-shirt de la veille sans faire plus de toilette.

Une femme de service toque à peine à la porte, entre rapidement, pose le plateau du petit déjeuner et ressort. Elle m'a vue, cette fois. Mais nous sommes habillés. Oui, mais je ne suis pas à mon étage. Elle a dû se demander ce que je faisais là à 8 heures du matin… Et puis merde !

Il s'installe devant son petit déjeuner qu'il me propose de partager. Je dis :

— Non merci, j'ai le mien qui m'attend là-haut, je ne vais pas tarder à remonter.

Cette fois, c'est son copain de la veille, qui entre sans frapper.

— Salut, mec…

— Salut.

Pas étonné de me voir là. Mais moi, je n'en peux plus. J'en ai marre de ne pas réussir ma sortie, de traîner là comme un chien malade et mendiant.

— Bon, j'y vais, le « p'tit déj » m'attend, j'ai envie d'une douche !

Faussement décontractée, je prends la fuite. Je suis sûre qu'à peine la porte refermée, ces deux-là vont parler de moi. J'imagine les questions. Non, je refuse d'imaginer. Comment supporter d'entendre dans ma tête la voix de ce type inconnu dire à Antony d'une voix complice : « Alors, tu l'as baisée ? » J'ai besoin de brouillard, d'estompes, de nuances. J'ai surtout besoin de gagner mon étage en vitesse. Décoiffée, l'œil en détresse, l'air d'une coupable. Ou d'une idiote.

30

Il va m'abandonner. C'est moi qui ai cru au coup de foudre. Au respect, à l'attente, à l'amour. J'ai dit non et je ne le reverrai plus parce qu'il va m'ignorer. Je suis une petite conne de provinciale.

La douche bienfaisante apaise la fatigue de cette nuit fumeuse et tragique. Pourtant, je ne me sens pas souillée. Vexée. Cette douche me calme.

A cette minute, j'ignore le temps qu'il me reste à vivre en état d'innocence. J'ignore tout de la tragédie à venir. Mortellement piégée, je ne sortirai pas « vivante » de cet endroit. De cette clinique où mes parents me croient en sécurité, au soleil, protégée par le remboursement sécu, surveillée par un médecin, nourrie à heures fixes.

Chaque fois que je repense à cette douche matinale, tandis que l'eau court sur ma peau, que des idées stupides s'entrechoquent dans ma tête de gamine de dix-sept ans, je ne peux pas m'empêcher de penser que j'étais encore en sursis. Que tout était encore évitable. Pourquoi moi ?

L'impression de regarder en différé une course dont je connais d'avance le perdant, le cheval ignorant qui galope avec un mauvais cavalier. Et savoir, surtout, qu'au bout de ce galop il n'y aura pas de vainqueur.

ON SENT AUX LÈVRES UN BAISER

J'ai compris, c'est clair. Il m'a évitée toute la journée, il ne me connaît plus. Je me suis comportée comme une conne. Je ne voulais pas le perdre et j'ai fait ce qu'il fallait pour gâcher mon histoire. Je commençais à être amoureuse de ce garçon qui s'intéressait à moi. Hier, je me sentais belle quand il me regardait, quand il me touchait, quand il m'embrassait. S'il fallait faire l'amour pour le garder, j'aurais dû le faire. J'aurais dû être prête. Faire comme tout le monde.

Je n'existe plus. Il papillonne avec les gens, il rit, pas une fois je n'ai pu attraper son regard. Et pendant ce temps, stupide, j'ai raconté « ma nuit » à la grosse Sophie, gourmande de détails.

— J'en étais sûre… Ça s'est vu hier que vous vous plaisiez.

Inutile de lui dire qu'il ne s'est rien passé. D'abord, elle ne me croirait pas. Et puis j'ai honte. Je laisse courir le désastre. Elle va croire qu'il fait exprès de ne pas s'approcher de moi. Pour être discret devant tous ces vieux qui nous guettent. Dans un centre hospitalier, une histoire d'amour serait une aubaine.

Rien ne passe. Du café du matin à cet amas de coquillettes à 6 heures du soir, j'ai la nausée. Qui peut bouffer des coquillettes à 6 heures du soir, le cœur à l'envers ?

Je l'aime. Je me persuade que je l'aime.

Nous avons dormi ensemble. Il a fait tout ce qu'il pouvait pour que je cède, autant de paroles que de gestes pour qu'on fasse l'amour. Il a tout essayé… Mais j'avais encore plus peur, ça ne me détendait pas du tout. « Ça fait plus de six mois que je n'ai pas touché une fille. » Je n'ai jamais entendu ça. Jamais vu un garçon montrer son envie à ce point. « T'es séropo ? »

Ça m'a carrément choquée. C'est ce qui m'a fait le plus mal. Depuis ce matin je ne cesse d'y penser et d'y repenser. J'ai traîné dans le parc, traîné devant la télé, traîné en compagnie de Sophie, avec cette humiliation en tête. Une humiliation double, triple… un paquet d'humiliation. Il m'a prise pour la gamine que je suis, la pucelle que je suis, le genre qui a peur du sexe d'un homme. C'est vrai que je ne voulais pas le voir, ce sexe. Il m'aurait fallu de la tendresse, de la douceur. Encore et toujours le rêve… Et pourtant j'étais flattée qu'il ait envie de moi, qu'il me désire.

C'est beau, le désir. Ça doit être beau.

Sophie me donne un coup de coude :

— Eh… on dirait que ton amoureux te laisse tomber ? Qu'est-ce que tu fous ce soir ? On se paie la télé ?

La boule de nerfs est dans mon cou, bien au chaud, serrée. J'ai tellement fumé, tellement tout rentré en moi avec cette fumée. Souffrance nouvelle. Celle de l'échec amoureux. Tu te crois irrésistible, Barbara, parce que les copines de lycée te disent élégante, avec de la « classe ». Ça sert à quoi, la « classe », devant Antony ? Ce qu'il voulait, c'était mon corps. Il écrit des choses qui le disent. Ce matin j'ai repensé à un texte de lui qui m'a choquée :

Filles dans des garages, dévêtues…
Arquées, sautées, nées pour souffrir,
destinées à se dépouiller dans un lieu déserté.

Sophie me parle de mes cheveux.
— Tu les coupes jamais ?
Oh non ! Ma crinière, mon étendard. Petite fille, je les avais très très longs, je ne voulais jamais les faire couper. Ma mère me faisait des couettes, des nattes. Et vers six ans, ils étaient si longs que ma mère a décidé de m'emmener chez le coiffeur pour les faire couper. Elle en avait assez. J'avais peur du coiffeur, j'ai fait la comédie, je me suis roulée par terre, et j'ai pleuré. C'était plus un acte de violence qu'autre chose. Je ne voulais pas qu'on touche à mes cheveux. Finalement, on les a coupés quand même. Le coiffeur m'a dit :
— Barbara, ne t'inquiète pas, quand ils repousseront ils seront encore plus beaux. Je vais te les mettre dans un petit sac et tu les conserveras.
Quand je me regardais dans la glace, je n'étais pas contente de moi, je ne me trouvais pas belle. Ils étaient coupés au carré, à hauteur du menton. J'étais en colère contre ma mère, je lui en ai voulu énormément. Évidemment, c'était le résultat d'un mois de colonie de vacances. J'ai toujours eu une tête à poux, comme on dit. Alors ma mère en a bavé. Les séances de vinaigre chaud et de démêlage au peigne fin, c'était l'horreur, pendant une heure tous les soirs. Mes cheveux sentaient mauvais. Mais moi, je les voulais, mes cheveux…
Au début j'ai conservé mes cheveux coupés dans un coin de ma chambre, bien en évidence, et tous les jours j'allais les voir, je les prenais dans mes mains, je les caressais. Ils sont toujours à Chartres, dans mon armoire, glissés entre mes vêtements, et de temps en temps, quand je range l'armoire, je tombe dessus, je les ressors, et la scène me revient. Même aujourd'hui, c'est important de les avoir encore.
A Sophie, j'accorde une réponse négligente :
— Les couper ? Jamais. Les pointes seulement.

33

Est-ce que je fais exprès de traîner dans le couloir devant la salle à manger ? Sûrement oui. Définitivement oui. Je vais mal de cette sensation d'inachevé.

— Retrouve-moi dans ta chambre dès que tu auras fini de discuter avec Sophie.

Il a dit cela comme une chose normale. Comme si je lui appartenais déjà, comme une chose convenue d'avance. Alors que j'ai erré toute cette journée, attendant vainement un signe, un geste, un sourire. Un encouragement, en quelque sorte, qui me dirait : « Nous étions bien tous les deux, hier soir. Recommençons. Je ne te méprise pas, je t'aime. » Le dialogue secret était dans ma tête, je lui aurais répondu... Rien. Je l'aurais regardé, mes yeux auraient donné la réponse.

La réalité me surprend toujours. Le soir arrive et je suis de nouveau son butin. Comme si on était ensemble depuis des mois et des mois, comme si j'étais sa propriété, déjà. Je ne veux pas être ça, appartenir à quelqu'un. Il n'y a pas de tendresse, pas de mots tendres, même pas de gestes tendres. C'est uniquement physique. Ordinaire.

Pourtant, j'y vais. Alors que je ne suis pas prête, je me force.

Il pourrait au moins me prendre par la main. Ou par les épaules.

Nous marchons côte à côte, nous ne nous regardons pas dans l'ascenseur. Nous nous comportons comme deux étrangers. L'air de dire : nous allons faire une chose ordinaire, regarder la télévision, par exemple. Quoi de plus anodin ?

La porte de ma chambre s'ouvre, se referme, et je me sens pierre. Minérale.

Rien n'est bien. J'ai éteint la lumière. C'est moi qui lui ai demandé d'éteindre. Je voulais du noir, je ne voulais pas me voir, ni le voir.

Je n'aime pas ses mains. Elles ne parlent pas d'amour, elles ne prennent pas leur temps, elles vont vite.

Moi, je croyais avoir de l'amour pour lui. J'essaie d'en avoir. Je me dis : « Puisque tu l'aimes, ça ne peut que bien se passer. » Mais soudain, je suis sûre qu'il ne m'aime pas en ce moment. Qu'il aime mon corps, mais pas moi.

Ce n'était pas comme ça que je la voulais, cette nuit.

La nuit précédente il était tendre, il sait maintenant que

je suis vierge, il devrait faire plus attention à moi, être plus doux. Ce n'est pas le cas.

A un moment j'ai entendu un truc du style : « Détends-toi, tout va bien se passer. »

Mais c'est à peine s'il l'a dit. Il n'essaie même pas de me mettre à l'aise. Je suis si seule avec ce corps.

Je regarde des ombres, le cerveau anesthésié. Une seule obsession : « Il faut qu'on le fasse. Il le faut. » Comme si ma vie en dépendait. Une sorte d'examen de passage qui doit me libérer, faire de moi une adulte. La fille qui n'aura plus peur de dire : « Ce soir, j'ai pas envie. » Parce qu'elle saura. La souffrance.

J'ai peur aussi que la porte s'ouvre et que quelqu'un entre. Il a fermé à clef, mais les infirmières ont des passes. C'est interdit ; personne ne l'a précisé, évidemment, mais dans un endroit pareil, c'est évident.

Ce n'est pas romantique, un lit d'hosto.

Il me semble que c'est long, alors que c'est court. Et il me semble qu'il n'est pas satisfait. Mais je ne connais rien au plaisir.

Le soleil de juin n'est pas encore couché. Ce silence me donne envie de pleurer. Cette impatience me fait mal.

Et j'ai horreur du sang. Tout ce sang, mon Dieu ! C'est effrayant.

La salle de bains. Pas de lumière, je ne supporterais pas mon visage, ni le reste. Me laver dans le noir. Survivre dans l'obscurité.

Lui est resté au lit, il a allumé la télé. Il attend que je revienne.

C'était nul. Probablement de ma faute. J'ai très mal et pas seulement physiquement…

Il faut que je fasse mieux pour ne pas rester sur cette impression de moche. On m'a toujours dit que la première fois ce n'était jamais bien, jamais de plaisir, c'est donc normal. Ce qui m'a manqué surtout, c'est la tendresse. Avoir mal, avoir honte, être gênée, s'efforcer de faire le moins de bruit possible dans cette salle de bains minuscule, je peux supporter. Mais l'absence de tendresse ?

Dire que j'avais rêvé cette nuit-là serait complètement faux. J'en avais une peur sainte. J'ai rêvé l'avant, et l'après.

Nuit de juin ! Dix-sept ans ! — On se laisse griser.
La sève est du champagne et vous monte à la tête...
On divague ; on se sent aux lèvres un baiser
Qui palpite là, comme une petite bête...

Je recommencerai pour que ce soit mieux. Mais pas tout de suite.

Il m'enroule dans ses bras, l'écran de la télévision scintille sur des images sans son. Nous nous endormons. Il s'endort. Je rêve.

Le lendemain matin, dès qu'il est réveillé il a un argument assez persuasif :

— Tu verras, c'est toujours mieux le matin...

Moi, je le crois. J'ai fait hier soir ce qu'il me demandait, je continue.

Les infirmières passent pour apporter le petit déjeuner. Ça fait du bruit dans le couloir, on entend les bruits de porte. Je demande à Antony s'il retourne dans sa chambre ou pas. Il me répond :

— Si je sors de ta chambre maintenant, là, tout de suite, ils vont se douter de quelque chose. Ils vont bien me voir dans le couloir, ils vont me voir sortir de ta chambre. Je vais m'enfermer dans la salle de bains et je vais attendre.

Je n'ai pas de balcon, moi. Il s'est donc enfermé dans la salle de bains, et l'infirmière apporte le plateau.

— Bonjour.

— Bonjour.

Je déjeune seule, pour me donner une contenance.

Antony ressort de la salle de bains. Il a fait un brin de toilette et retourne dans sa chambre, avec un sourire lumineux. Pas vu pas pris.

Il est beau, mon voleur, ce matin. Ce sourire était un pardon. Pardon d'être un homme, de t'avoir prise.

Voilà, c'est fait. Je peux me regarder dans la glace, abandonner mes rêves, la poésie dont j'entoure chaque moment, ce besoin de beauté et de pureté, mon intransigeance. Je peux, je dois faire comme il faut faire les choses de la vie. L'amour fait mal la première fois parce qu'il est masculin. J'apprendrai.

En regardant le café laisser des taches brunes sur le bord de la tasse épaisse et blanche, je me suis demandé si je n'étais pas frigide. J'ai cherché des livres à lire, cette semaine-là. Pour savoir. Et je n'ai rien compris. Je me suis résignée à me laisser faire l'amour, pour le lui offrir à lui, pas à moi.

L'amour pour moi est un amour de jour ; lui prend celui de la nuit. Qu'il m'aime, lui, est bien plus important que le dégoût d'être palpée, forcée.

Je ne suis plus seule. Ce corps appartient à quelqu'un.

J'allais porter cette fierté imbécile quelques jours encore. Écrire à ma meilleure amie à Chartres : « J'ai rencontré quelqu'un qui écrit de la poésie. Il est étrange, je te raconterai… »

L'innocence était encore là, le bonheur allait suivre, et l'aventure, et la vie. Je planais.

Maintenant, je sais que tout cela ne tenait que par l'idée que je me faisais, moi, de l'amour. Et que d'amour il n'était pas question. Ou alors que cet amour-là était à mort. Une volonté, consciente ou non, de détruire, de tuer.

Il me restait encore huit jours d'enfance.

L'AIR EST PARFOIS SI DOUX
QU'ON FERME LA PAUPIÈRE

Troisième jour. Matin.

Il est assis au bureau de sa chambre.

— Viens voir… Approche… J'ai quelque chose pour toi. Tu vas voir, c'est super !

Il me tend un petit cahier rose, tout mince, vilain papier, un crocodile bleu sur la couverture, et en dessous : « Cahier appartenant à : ». Il a inscrit son nom de famille, comme un écolier consciencieux. Le poème est pour moi.

Qu'on me donne une femme, qu'on la fasse haute de trois
[mètres.
Il faut qu'on me fasse une femme, qu'on la fasse haute de
[trois mètres.
Qu'on ne la fasse pas laide, qu'on ne la fasse pas petite.

Qu'on me fasse une femme, qu'on la fasse haute de trois
                                  [mètres.
Qu'on la fasse haute de trois mètres et belle.
Si vous voulez que je change, qu'on me fasse une petite
                         [femme haute de trois mètres
Qu'on me donne quelqu'un que je puisse aimer toute la
                                        [nuit.
Je vous le dis, car je vois venir la fille haute de trois
                                        [mètres.
Veux-tu de moi ?

Je suis bouleversée. C'est joli, c'est tendre, il n'y a pas de quoi crier au génie, mais mon cœur bat à cent à l'heure. Des étoiles plein les yeux. Il a rajouté ce « Veux-tu de moi », en travers ; c'est une demande en amour.

Le torse légèrement penché, le visage tourné vers moi, il attend la réponse à sa question, ses yeux dans les miens.

— Veux-tu de moi ?

La tête vide, un peu ivre, je réponds timidement :

— Oui.

Il sourit, reprend son cahier, et relit son texte. Silhouette assise à contre-jour, dans la lumière matinale, concentrée. Mon poète à moi, qui écrit pour moi, rêve. A moi ?

Je vais m'allonger sur son lit, dans le creux délaissé et encore chaud de son corps. Je m'y incruste, je me fais petite, toute petite, car je suis haute de trois mètres pour lui.

La fumée de ma cigarette, la douceur de cette matinée de juin, ce dos penché sur le bureau. Elle est bien, si bien, cette précieuse minute-là. Forte, comme un alcool. Il me veut, j'ai dit oui. Nous sommes ensemble.

La journée ensemble, la nuit ensemble. Je n'ai pas quitté son lit, ni son corps.

Le lendemain, nous sommes en promenade ensemble. Je veux entrer dans sa tête. Le connaître. Il y a quatre jours que je fais l'amour avec un homme que je ne connais pas.

Il parle peu, lui. Un résumé qui devrait me faire peur, mais ne provoque que de l'attendrissement. Ancien toxico. Il sort de cure. Il ne replongera jamais. Il en a trop bavé. Son père est contre lui, sa famille aussi. Les petits boulots, il en a sa claque. Le chômage, c'est de la merde.

Le shit, il l'évoque comme une banalité. L'héro comme

un voyage en enfer. Je me sens privilégiée d'être sa confidente. Et lorsqu'il me demande de me raconter, j'ai l'impression de dire des banalités d'écolière, une vie en surplace. Problèmes avec ma mère, anorexie, lycée. Ma violence est celle d'une adolescente en difficultés relationnelles, disait la psy.

Antony s'étire. Le tee-shirt remonte sur son dos musclé, mince.

— Pourquoi t'es là, au fond ? T'es pas maigre. T'es vachement bien foutue. Je te trouve belle, moi. J'aime ton corps, j'aime tes seins, j'aime tes cheveux. J'adore tes yeux.

Belle, il le dit depuis le début. Lorsque j'étais petite fille, on me le disait souvent. Puis plus jamais. Jusqu'à lui, Antony, personne ne me l'a jamais dit autant. Et différemment. Quand il me voit nue, qu'il touche mon corps, il en fait un poème à sa manière.

— J'aime la courbe de tes hanches. La rondeur de tes fesses, j'aime. Tu me fais bander à dix mètres. J'aime.

Ce n'est pas très élégant je sais, mais si troublant lorsque l'homme qui le dit vous enveloppe de ses bras, qu'il a soudain cet œil carnassier, exigeant. Je me sens une autre, une femme, il me redonne confiance en moi. Pouvoir terrible.

— J'ai fait une tentative de suicide.

— T'as pris des « médocs » ?

— Non. Pas cette fois-là. Mon médecin dit que je fais une dépression, mais je refuse de prendre des médicaments. Ça n'arrange rien. Je ne me sens pas vraiment malade non plus. J'ai mes coups de colère, beaucoup de crises de nerfs, mais je pense que c'est dû à mon milieu familial. Au lycée également. J'étais mal dans ma tête et dans mon corps.

— Ils font quoi, tes vieux ?

— Avant, ma mère tenait un bar-tabac. Elle a décidé ça, j'avais sept ans environ, et elle l'a gardé sept ans. Elle disait qu'on joignait plus les deux bouts. C'était l'horreur. Il n'y avait plus de famille. Je ne voyais plus ma mère. Je rentrais du lycée l'après-midi, je traversais le bar, elle me voyait même pas passer, c'était comme si je n'existais pas. Elle était là, en train de discuter avec tous ces types au bar, je supportais pas... Mon père, il rentrait du boulot, il donnait un coup de main au bar. A 21 heures ils fermaient, à 22 heures ils se couchaient. Avec mon frère et ma sœur, on mangeait avant, on faisait nos devoirs tout seuls. On ne les voyait quasiment pas. A une époque, il était question de divorce. Le divorce, ça concerne aussi les enfants. On a notre mot à dire là aussi. Ma sœur s'écrasait, mon frère était jeune, il ne comprenait pas ; moi, je prenais la parole. Je me faisais un peu « Mère Justice » de la famille. Je leur ai toujours dit : « Si les parents divorcent, je n'irai pas vivre avec maman, j'irai vivre avec papa. » C'était dit ; je leur avais dit. Ça aurait anéanti la famille. Le divorce, ça déchire la famille.

— Ils n'ont pas divorcé, finalement ?

— Maintenant, tout va très bien, ils sont toujours ensemble, il n'est plus du tout question de divorce. Ils n'ont plus le même amour qu'avant, mais il y a toujours quelque chose, ça se voit. Ils ne restent pas ensemble simplement pour nous préserver, nous. C'était une passade. D'ailleurs, ma mère ne s'y est pas trompée, puisqu'elle a vendu le café. C'est vrai qu'on gagnait bien notre vie avec ce café, on était à l'abri du besoin. Après, ça a été beaucoup plus difficile. On a déménagé, il a fallu retrouver un boulot. Mon père avait le sien, mais pour ma mère ça a été dur. Elle est restée un an sans travailler, elle a fait des crises de nerfs pas possibles. Elle en avait après tout le monde, elle était impossible à vivre et nous aussi, parce qu'on la supportait difficilement. Mais ça s'est arrangé. Elle a de nouveau quelque chose, un travail stable, et tout va bien. On ne gagne pas aussi bien notre vie qu'avant, mais on est heureux, c'est le principal. Le fric, on s'en fout.

— La thune, c'est le principal. T'as de la veine, finalement, d'avoir des parents comme ça. Fais pas Zorro avec eux.

J'ai trop parlé. Et mal parlé. Je me raconte en simplifié. Pour moi, cette histoire est plus grave. Trop grave. Mais pour lui, rien n'a l'air vraiment grave.

— Moi, c'est galère… J'me fais chier. C'est comment, Chartres ?

— C'est sympa.

— Je t'emmènerai faire un tour à Aix, j'ai besoin de shit. Te bile pas, c'est de la douce.

Autre monde, autre langue. La drogue, tout le monde en parle, et pourtant, je suis une privilégiée ; chez nous, cela paraît loin, très loin. Des histoires de journaux, de télé, quelques ragots au lycée, mais sans plus.

Avant lui, j'étais vierge de tout. Vierge de savoir. Ignorante. Maintenant, j'entends battre la vie et sa face cachée. Elle ne me tente pas, mais elle m'attire. Je veux savoir. Zorro est toujours là, je me dis : « Barbara, tu vas l'aider, le sortir de là. Il t'aime, alors tu vas lui servir de repère. Un jour tu l'emmèneras à Chartres, pourquoi pas. Plus tard… Quand tu seras sûre de lui. Pour l'instant, écoute, supporte, attend. Un premier amour, ça se mérite. »

Après-midi. Heure de la sieste.

Nous sommes simplement allongés sur le lit, dans les bras l'un de l'autre. Une infirmière entre, ou une femme de ménage, une personne en blouse que je devine à travers mes paupières mi-closes. Antony a son bras autour de mon cou. Je ne bouge pas.

Il n'y a pas de télévision dans la chambre d'Antony, l'écran magique qui autorise les uns à entrer chez les autres. Comme si la télévision était un garde-chiourme, une sorte d'impossibilité de faire autre chose. La télé, c'est permis. La sieste ensemble, c'est interdit.

Cette fois, on nous a « vus ».

La blouse blanche est d'abord surprise, style « je gêne, je dérange » ; elle se dépêche de faire ce qu'elle doit faire, passe devant nos corps immobiles et nos regards fermés, pose les médicaments, repart aussitôt. Ça prend deux secondes. Sans un mot, rien. Tous les deux, on se regarde et c'est tout. On ne dit mot, on n'y pense même pas. On ne faisait rien de mal, allongés l'un à côté de l'autre, ce n'est pas une situation indécente.

Je pense seulement : « Elle doit se douter qu'on est ensemble. » C'est tout. Je m'en contrefiche un peu. Le principal, pour moi, est que l'on ne nous surprenne pas au lit, ou en train de nous embrasser.

Nous reprenons le ballet habituel, je te quitte, je retourne dans ma piaule, à tout à l'heure.

Antony passe une tête à la porte de ma chambre :

— Eh… Je suis convoqué chez la directrice. La nana qui m'a apporté les comprimés cet après-midi lui a raconté qu'on était couchés ensemble, alors tu m'attends dans le hall d'entrée. Mais t'inquiète pas, je vais arranger ça. De toute façon, ils ne peuvent rien nous dire. C'est moi qu'on a convoqué, c'est pas toi, donc on nous fera rien.

Il essaie de me rassurer, mais je panique un peu.

Une demi-heure plus tard, il a l'air d'un petit garçon puni.

— C'est bon, c'est arrangé, y'a plus de problème. C'est rien. Elle m'a seulement dit que ça se faisait pas dans une clinique, deux personnes ensemble, qu'il fallait pas que ça se reproduise. Mais c'est tout, on craint rien.

Elle l'a sûrement mis en garde sur quelque chose de personnel puisqu'elle ne m'a pas convoquée, moi. Elle a dû lui dire : « Tu es adulte, elle est mineure, fais gaffe, sinon je te vire » Quelque chose comme ça. Mais je n'ose pas poser de questions directes. Si on me considère comme une gamine, il faut que je fasse plus grande. Trois mètres au moins... D'ailleurs, il a l'air tout content, il sourit :

— Ils nous emmerderont plus, tout est réglé, ils veulent juste un truc, c'est que ça se reproduise pas. Donc, tu vois, t'es tranquille. On se fera pas piquer, on partira de la chambre avant. On est tranquille. Viens...

Sophie la grosse, dans les allées du parc, me chuchote :

— Eh... ce type, on dit qu'il a des champignons...

— Ah bon, je n'ai pas remarqué.

— Oui, tu sais, tout le monde sait que vous êtes ensemble...

— Et alors ? Où est le problème ? On ne s'en cache pas. On s'en fout. On est heureux tous les deux, c'est le principal.

— Oui, mais il y en a qui disent qu'il est malade.

— Malade, qu'est-ce que ça veut dire ? Je t'ai dit que c'était un ex-toxico, il me l'a pas caché. Ça fait plus de dix ans qu'il se droguait, il sort de six mois de cure de désintox. Il est là pour se reposer, pour se refaire une santé. Sa mère est morte. Et avec son père, ça n'allait pas. Il a plusieurs frères, deux sœurs, mais ça va pas non plus avec eux. Il a commencé à me parler de sa vie. Il a employé le terme ex-toxico. Pour lui, il ne l'est plus. Il m'a dit : « Je m'en suis sorti, je ne retournerai plus dans cette galère. » Au début, je me suis rendu compte qu'il avait dû toucher à la drogue parce que plusieurs fois il a roulé des joints devant moi.

— Bon, mais il a montré sa langue à un mec en lui disant qu'il avait des champignons là et là...

Je suis sidérée. Je n'ai rien remarqué, il ne m'en a pas parlé non plus.

— Écoute, je ne pense pas que ce soit vrai, il me l'aurait montré, je l'aurais vu, je l'aurais senti.

— Il y a plein de gens qui disent qu'il est séropo.

Là, mon cerveau s'arrête un instant. Je me dis : « Putain, ça y est, ça recommence, cette histoire de séropositivité ? Qu'est-ce qu'ils ont tous, ici ? »

— Je n'en sais rien, je ne veux pas croire ce que disent les autres. Si c'était vraiment le cas, je pense qu'il me l'aurait déjà dit. Ou alors qu'il aurait fait gaffe, il n'aurait pas eu cette attitude avec moi.

— Moi, ce que je t'en dis, c'est parce que tout le centre en parle...

Les adultes en parlent. Ils ont repéré notre liaison. Ce sont des ragots, du voyeurisme, ça donne un bon sujet de conversation à tout le monde. Il y a un mec qui a lancé la rumeur « Antony est séropo, Barbara va sûrement l'être », et ainsi de suite, de bouche en bouche, sans être sûrs de la chose. Il faudrait qu'ils soient médecins pour savoir, ou que lui-même en ait parlé à une seule personne. Et cette personne, ce serait forcément moi.

Ma copine fait comme les autres, elle colporte les rumeurs. Je trouve ça dégueulasse. Je ne comprends pas pourquoi ils s'en prennent à nous. Pour une fois que j'ai l'impression d'être heureuse. Je suis avec quelqu'un avec qui je me sens bien, et il faut que les gens essaient de tout casser. J'ai l'impression que la terre entière m'en veut. Dès qu'il y a quelque chose de bien, il faut que ça casse à un moment ou à un autre. A la maison, j'ai la famille sur le dos ; ici, c'est tout le centre. Parce qu'on est toujours ensemble, qu'on se promène dans les allées, qu'on rit, qu'on parle de tout. C'est génial. Mais eux, qui se prennent pour la terre entière, ce petit monde préoccupé de son ventre, de sa cellulite, ça ne lui plaît pas, une histoire d'amour entre deux jeunes. Même Sophie. Pourtant, au début, je m'en souviens, elle était d'accord avec moi. Elle m'a même dit :

— Tu as bien fait de pas coucher le premier soir. T'as raison. Comme ça, il te prendra pas pour une conne !

Qu'est-ce que je peux faire ? Évidemment, ça trotte dans la tête. En parler à Antony ? C'est terrible d'aller voir quelqu'un pour lui rapporter des rumeurs, surtout si c'est faux. Et puis ce mec a déjà passablement souffert. Ça ne peut pas être bon pour lui d'apprendre ce genre de truc. Il a souffert d'un manque de communication avec sa famille, d'une mésentente avec son père. Ses frères sont lycéens ou étudiants, ils le prennent pour un bon à rien. C'est facile de dire ça d'un chômeur. Lui dit qu'il a travaillé, mais toujours à court terme. Il m'a raconté qu'il était magasinier à un moment. Après, il n'a eu que des petits boulots. Il en veut à la société, il ne comprend pas pourquoi son père est si méchant avec lui, pourquoi il faut se planter aux Assedic, pourquoi on lui reproche d'avoir fait des conneries. La drogue, c'était pour ça, à cause de ça. Maintenant que nous nous sommes rencontrés, qu'il compte sur moi, je ne vais pas me faire la rapporteuse de ces horreurs.

Téléphone aux parents. Discours convenu.

— Tu manges ?

— Oui, je mange.

— Tu as grossi ?

— Non. J'en sais rien.

— Est-ce que tu vas bien ? Tu as besoin de quelque chose ?

— Ça baigne. Je vis ma vie.

Nous dormons enroulés l'un autour de l'autre. Passe la nuit.

La femme de service apporte le petit déjeuner sans un mot. Elle nous regarde d'un air froid. Surpris dans notre sommeil, on est à poil, un peu dans le coltard. Le drap nous recouvre, mais je suis dans les bras d'Antony. Il essaie de se dissimuler sous le drap, mais elle n'est pas dupe. C'est assez comique, au fond. Elle pose le petit déjeuner et repart toujours sans dire un mot. On se regarde tous les deux et on éclate de rire.

— Cette fois, on s'est fait piquer, Antony. Qu'est-ce qui va se passer ? C'est cocasse comme situation.

— T'inquiète, elle a rien dit, on n'a rien fait de mal, t'inquiète pas.

Après l'éclat de rire, la gêne. Il se rhabille pour redescendre dans sa chambre, en continuant à se marrer franchement.

— Tu t'en fous vraiment ?

— Je m'en tape ! Qu'est-ce que tu veux qu'on nous fasse ?

— Je sais pas... je m'en tape aussi.

En fait, je pense aux parents. Ici, je suis dans une sorte de pensionnat surveillé. Mineure. Je reste sous la coupe des autorités. J'appelle autorités père et mère confondus, avec les directrices de tout, du lycée et de ce centre. Au lycée, si je ne fous rien, on convoque mes parents. Ici, si je fais l'amour, on va convoquer qui ? Antony encore une fois ?

Je ne peux encore disposer de mon corps et de ma liberté avec autant d'insouciance que lui. On peut me renvoyer du centre. Retourner à Chartres maintenant, laisser Antony ? Je suis mal. Pourtant, je décide de m'en foutre aussi. Il a raison. Où est le risque ?

Mais qu'ai-je fait de ma pudeur, de ma façon de concevoir l'intimité ? A Chartres, je suis Barbara convenable. Ici, je suis qui ? Le changement est là. Non seulement depuis l'amour, depuis le sang, mais surtout dans cette étrange attirance vers un comportement qui n'est pas le mien. Je parle déjà comme lui. J'ai même ajouté tout à l'heure :

— Je m'en tape les c...

INTERMEZZO

Antony, petit garçon puni :

— On est convoqués chez la directrice.

— Allons-y... elle ne va pas nous flanquer une fessée.

Deux garnements.

Glaciale, la directrice. Autoritaire. Pourtant, elle n'a pas l'air très choquée de la situation.

— Asseyez-vous tous les deux.

Je me croirais à l'école. Nous avons fait le mur et elle va nous mettre au cachot ?

— On m'a avertie qu'on vous avait retrouvés tous les

deux dans la chambre de Barbara ce matin. Pouvez-vous m'expliquer ?

Dans ces cas-là, je réagis toujours avec agressivité. Je pense grossièrement : « Elle va pas nous faire chier, celle-là », et je dis sèchement, à voix haute :

— Qu'est-ce que vous voulez qu'on vous explique ? Ça paraît clair, pourtant...

— Vous ne vous rendez pas compte, ce n'est pas un lieu pour ça, ça ne se fait pas. Je vous préviens, je ne veux plus que ça recommence, sinon je serai obligée de sévir.

Antony, lui, ne frime pas du tout. Toujours cet air de petit garçon puni. Les épaules basses, le regard en dessous. C'est la deuxième fois que je le vois perdre de sa superbe. Aucune révolte, une attitude un peu veule.

— On ne recommencera pas. Excusez-nous...

— Je vous le conseille.

O.K., pas de problème. Léger savon, rien d'autre. J'imaginais un sermon plus grave. Le genre « J'ai prévenu vos parents ». J'ai dix-sept ans, je suis mineure, ils sont responsables de moi. Antony en a vingt-huit. Je m'apprêtais à affronter cette directrice, à récuser ses menaces avec des « Je m'en fous, on s'en balance, faites ce que vous voulez ». Mais l'entretien est terminé. Madame la directrice a fait preuve d'autorité et nous renvoie à nos amours.

Dans le couloir Antony sourit, mais je lui trouve l'air un peu bizarre. Ce genre de situation, à son âge, c'est tout de même ennuyeux. J'ai toujours en tête cette histoire d'âge. Plus de dix ans de différence entre nous.

A partir de ce moment-là, nous faisons beaucoup plus attention. Dans la journée, on ne fait rien de mal en se tenant la main ou en s'embrassant, on ne gêne personne, mais nous évitons de le faire devant les autres malades.

Le soir de cet entretien, je me sens un peu en retrait. J'ai eu le temps de réfléchir. Ce n'est pas cette directrice qui me fait peur, mais la réaction de mes parents. Elle a dû les prévenir, ou elle va le faire. Alors que je leur ai dit, la veille, au téléphone, que j'allais mieux, que les choses se passaient bien ici. Et c'est vrai que je vais mieux. Forcément. Mais j'imagine la tête de ma mère en apprenant que sa fille couche avec un type de vingt-huit ans. Et mon père... Je le connais, l'âge d'Antony a de l'importance, énormément d'importance même. Tout à coup, il n'est plus question de petit flirt à une soirée d'anniversaire.

— Écoute, Antony, je ne reste pas cette nuit. Il vaut mieux ne pas prendre ça à la légère.

Je ne me prive pas énormément en retrouvant la solitude de ma télévision. J'aime dormir avec lui, mais faire l'amour est encore une souffrance. Je ne peux en parler à personne, j'ignore si c'est normal tout ce sang qui ne cesse de s'échapper de moi, J'ignore aussi pourquoi je ne ressens rien. Je subis. Tout cela n'est pas très romantique. Au fond, je préfère qu'il me prenne dans ses bras et m'endormir contre lui, presque sagement.

Et puis j'ai besoin de réfléchir encore. D'imaginer la réaction des parents, leur discussion, la colère de ma mère, l'indulgence de mon père, ou son silence. Comme d'habitude, je finirai par avoir le dernier mot, ils ne m'empêcheront pas de rester avec lui. La seule chose qui me fait peur, c'est le renvoi du centre ; le retour à Chartres, je ne m'y sens pas prête. Je veux rester avec lui, c'est tout ce qui compte pour moi. Je ne veux pas qu'on nous sépare.

Cette nuit de solitude n'a rien résolu. La frustration, l'obligation d'obéir à des règles qui ne me conviennent pas. Le besoin d'indépendance, de liberté. Je veux continuer à galoper au côté de celui que j'aime. Tout cela est ridicule, dans un an je serai majeure. Mais c'est loin, un an.

Il n'a jamais dit « Je t'aime ». Moi non plus.

Nous reprenons nos habitudes.

Trois nuits plus tard, cette fois c'est grave. L'infirmière a fait son rapport à la directrice.

— Cette fois, je sévis.

Le tribunal nous condamne. Antony plus sérieusement que moi.

— Vous, Antony, vous êtes renvoyé. Vous, Barbara, je suis obligée de prévenir vos parents.

— Très bien, prévenez-les, tant pis.

De toute façon, maintenant, je m'en fous ; ils le virent, donc je me retrouve toute seule.

— Faites ce que vous voulez ! Rester ici ou rentrer à Chartres, pour moi, c'est pareil !

— Il faut que vous compreniez, Barbara, je vous ai suffisamment avertie !

Silence. Regard noir. Regard de révolte passive.

Elle m'observe. J'ai maigri. Mauvaise mine. On la paie, cette femme, pour me faire manger, elle a déjà échoué en une semaine. Elle sait de quoi je peux me plaindre en rentrant. J'ai vu le médecin deux fois, cinq minutes en tout. Il passe tous les lundis matin dans chaque chambre avec notre dossier. C'est du style : « Alors, comment ça va aujourd'hui, Barbara ? Ça va bien ? Eh bien tant mieux, il faut continuer. Allez, au revoir, à la semaine prochaine. » Là-dessus, l'infirmière prend la tension du patient, et s'il n'est pas ou plus dans sa chambre, ce n'est pas grave, on ne va pas courir après lui.

J'ai donc les moyens de me défendre contre eux. Ils le savent, ils ne sont pas fous. Je peux très bien dire à mes parents : « Ça les arrange bien de me virer parce que je perds du poids, parce qu'ils ne me surveillent pas, parce que ça va de plus en plus mal... » Le séjour est assez cher, et, pour un centre agréé par la Sécurité sociale, elle est bien légère, la prise en charge.

Je ne mange plus du tout, et ils ne me surveillent pas. Si je saute les repas, il n'y a personne pour venir me dire : « Vous avez sauté un repas, ce n'est pas bien, etc. »

Alors qu'ils ont promis tout le contraire à mon père : « Ne vous inquiétez pas, on la surveillera, elle n'aura pas le droit de manquer un repas. De toute façon, nous vérifions que tous nos patients soient présents à table. »

Or, ils n'ont jamais rien fait de tout ça. Alors, évidemment, cette madame la directrice, elle a « les boules ».

Que l'on y rajoute le fait d'avoir laissé une mineure tomber dans le lit d'un adulte... pas brillant !

— Vous sortez de cure de désintoxication et vous vous droguez. On m'a dit que vous continuiez à vous droguer.

Antony devient tout rouge, furibard.

— Non, je ne me drogue pas ! C'est pas vrai, je ne me suis pas repiqué, vous mentez ! Qui vous a dit ça ?

— J'ai mes sources. On m'a dit que vous continuiez à vous piquer...

— C'est pas vrai. Vous n'avez qu'à regarder mes bras ! Regardez !

— Il y a d'autres endroits que les bras.

Il enlève son tee-shirt, humilié :

— Tenez, regardez, examinez-moi. Vous verrez bien si vous trouvez des traces de piqûres récentes.

Il se mettrait à poil, s'il le fallait. La pièce est assez sombre, sa peau est mate, et je regarde aussi, comme elle. J'ai si peur de découvrir l'évidence. Rien.

Je ne suis plus l'objet de la conversation. Ils s'affrontent tous les deux, et malgré son air furieux et fanfaron, Antony paraît acculé. Cette histoire de drogue doit le poursuivre sans arrêt.

— Bon, très bien, très bien, je vous crois. On n'en parle plus. Tout compte fait, si Antony quitte le centre, je suis d'accord pour fermer les yeux sur le cas de Barbara. On ne dira rien à ses parents, elle est libre de rester.

Lâcheté. Minable lâcheté de cette femme. Elle garde la fausse petite fille sage bien élevée, amenée par papa maman, et vire le pauvre minable, l'ex-drogué sans défense.

Antony doit partir le jour même en début d'après-midi. C'est dur.

A midi nous n'allons pas à table, ni lui ni moi. Je reste avec lui dans sa chambre. Je l'aide à faire ses valises.

Nous ne parlons presque pas.

J'ignore ce qui se passe dans sa tête, mais il m'en veut sûrement.

Il ne sait même pas où aller. Chez son père, il n'en est pas question. Tout est ma faute.

— Antony ?

J'ai failli m'excuser, puis je me suis mordu les lèvres sur son nom.

Il descend téléphoner, je le suis dans le hall, la tête haute. Surtout ne pas perdre la face. Quand les autres vont me voir revenir seule à table, ce soir, alors que nous vivions en couple depuis une semaine, ils vont dégoiser. Prendre des airs de censeurs. Antony ne peut plus leur plaire. Les ragots ont couru. Maintenant, il a trop l'allure de ce qu'il est. Une errance en jean, un ex-toxico paumé.

Ils ne savent rien de lui. Rien de ce qu'il est capable d'écrire, rien de ce qu'il a vécu. Rien de ce qu'il aime. Rien de moi et rien de nous.

Il a finalement réussi à trouver un copain pour l'héberger à Aix. Une copine viendra le chercher en voiture.

— C'est galère. J'ai pas une thune.

2 heures de l'après-midi, sous le soleil de juin qui filtre entre les tilleuls de la promenade. Parking. Le même qu'à mon arrivée.

J'ai eu le temps de me faire belle pour ce départ. De mettre du rimmel à mes cils, du rouge à mes lèvres, de m'habiller de noir et de rouge.

Je divague. Je mets ce départ en scène dans ma tête, pour m'en faire un souvenir.

On divague ; on se sent aux lèvres un baiser
Qui palpite là, comme une petite bête...

Baiser.

— T'inquiète pas, je te téléphone et on arrange un truc pour se voir.

Comme le week-end nous pouvons sortir, aller dans la famille ou chez des amis, je décide de passer tout le week-end à Aix avec lui.

Je n'ai toujours pas dit « Je t'aime ». Lui non plus.

Il est donc parti le mardi.

Mercredi, je me suis ennuyée, sous les tilleuls de la promenade, et devant mon assiette indécente.

Le jeudi matin, une infirmière est venue dans ma chambre :

— Demain après-midi, le médecin veut vous voir, à 11 heures, à son bureau. Il veut discuter avec vous de tout ce qui s'est passé ces derniers temps.

Ça recommence. Ils vont me faire chier, ils vont me dire que, finalement, ils veulent prévenir mes parents. Je m'en fous, je m'en fous, j'ai lu un texte dans le cahier crocodile :

Nous pourrions être si bien ensemble, je sais que nous le
*   [pourrions.*
Des mensonges, je te dirai d'affreux mensonges.
Laisse-moi te parler du monde que nous inventerons,
ni entreprise, ni expédition,
invitation ou invention.

Nous pourrions être si bien ensemble.
Le temps perdu à attendre est soustrait du plaisir,
il décapite les anges que tu détruis ;
les anges se battent, les anges pleurent ;
Les anges dansent et les anges meurent,
affolés par ta beauté.

Il y avait des fautes d'orthographe. Elles m'ont attendrie.

J'aime un garçon qui pense de belles choses et les écrit mal.

J'aime un garçon qui se tient mal.

J'aime un ancien drogué.

Je lui ai dit ce que je pensais de la drogue. A quel point j'en ai peur.

— Pourquoi en es-tu arrivé là ?

— Demande à une pute pourquoi elle en est arrivée là ! C'est toujours la même question ! Les « bourges » se posent des questions qui n'ont pas de réponse. Qu'est-ce que tu veux que je t'explique ?

Il ne savait pas. C'est parti d'un joint qu'il a fumé à l'âge de treize ans. Au cours d'une sortie avec des copains plus âgés, de dix-sept-dix-huit ans, qui fumaient tous. Lui fumait déjà la cigarette. Et puis un jour, pendant un concert, il a voulu essayer. Il a demandé un joint, il l'a fumé. Sur le coup, ça ne lui a rien fait, il leur a dit que leur truc c'était de la merde, que ça ne faisait rien, que l'on ne sentait rien et qu'il n'en reprendrait pas. Le lendemain matin, au réveil, il avait mal au crâne, ça tournait. C'est là qu'il a senti l'effet du joint. Il a été malade. Et il y est retourné parce que cette sensation lui plaisait. Ensuite, il a continué avec la coke, jusqu'à l'héroïne. Il m'a dit qu'il avait dix-huit ans pour son premier « fix ». Que le vertige a duré des années.

Il n'y retournera pas. C'est moi son vertige.

Les anges dansent et les anges meurent,
affolés par ta beauté.

Je me suis endormie seule avec les anges.

Antony a téléphoné le vendredi matin. Aussitôt j'ai dit :

— Le médecin veut me voir. Il veut me parler de nous, je ne sais pas pourquoi.

Il a paru un peu gêné. Le ton n'était plus « cool ».

— Bon, je t'appelle ce soir, tu me diras ce qu'il t'a raconté.

— O.K.

Le vendredi à 11 heures, j'ai appris la vérité.

IMMENSÉMENT NAÏVE

Assis derrière son bureau, petit et vieux, visage plutôt sympathique, mains sur la table, le médecin est embarrassé et sermonneur :

— Ce n'est pas bien ce que vous avez fait. Vous comprenez, vous n'avez que dix-sept ans…

Patience. J'ai l'habitude des remontrances. Bouffe, amour, comportement au lycée, à la maison… Je deviens parano, ou alors tout le monde m'en veut ?

— Je suppose que vous avez beaucoup parlé avec lui. C'est un ex-toxicomane.

— Je sais, il me l'a dit.

Je regarde cet homme dans les yeux ; je le gêne.

— Ah, il vous l'a dit, c'est bien. Il y a aussi autre chose. Puisqu'il vous a dit qu'il était ex-toxicomane, je suppose qu'il vous a également dit qu'il était malade ?

— Ah non, il ne m'a rien dit.

Le visage devient rouge. Le ton encore plus embarrassé.

— Ah bon, pourtant… C'est que, normalement je n'ai pas le droit de vous le dire. Je suis tenu par le secret médical. Vous comprenez bien…

Et il m'explique les règles du secret médical.

Malade, secret médical… Qu'est-ce qu'il cherche à dire sans le dire ? Cette histoire de champignons dont m'a parlé Sophie ? Encore des rumeurs ?

Ça dure, cette explication, c'est d'un long !

— Voilà, normalement, je ne devrais donc pas vous le dire, mais là, je n'ai pas le choix, nous sommes responsables de vous. Il faut que vous sachiez qu'il est séropositif depuis deux ans.

Corps immobile, tendu. J'ai pris la phrase en pleine figure, en plein ventre, je ne sais pas. Ce mot m'envahit, descend de mon cerveau dans mes entrailles, rebondit, remonte dans un silence où je m'entends respirer, où tout est perceptible, la pointe de son crayon qui dessine des trucs sur un papier, devant lui, le froissement du tissu de sa veste contre le dossier. Un silence de cathédrale.

Séropositif. Mais… il me l'aurait forcément dit ! Je ne peux pas concevoir qu'une personne malade ne le dise pas, au risque de contaminer volontairement une autre personne. Alors, c'était volontaire de sa part ?

Il sait depuis deux ans qu'il est séropo.

Je tremble. Envie de rire et de pleurer. Maintenant le corps réagit. Mes mains s'agitent en désordre, moites, sur mes genoux.

Séropositif, ça veut dire sida ?

Mais, s'il avait le sida, ça se serait vu physiquement ? Il a l'air un peu pâle, fatigué, mais je ne sais pas de quoi il avait l'air avant, il n'a pas de photo, il n'avait rien, je ne le connais pas. J'ai un goût de fer dans la bouche, comme si j'avais bu de la rouille.

— Barbara, vous vous êtes servis de préservatifs ?

— Les deux premières fois, non, après, oui.

J'ai dit ça parce que j'ai honte, vite, comme un réflexe. J'ai peur. Si peur. J'essaie encore de le protéger et de me protéger aussi.

Préservatifs ? Je n'en ai jamais vu de ma vie.

On ne m'a pas parlé des préservatifs, jamais, en cours d'éducation sexuelle. D'autant qu'on nous a montré ça avec des animaux. J'ignorais ce que c'était ; les copines, je ne sais pas, on n'en discutait quasiment pas. Apprendre à mettre un préservatif, ça n'existait pas. Mes copines qui disaient avoir déjà eu des rapports sexuels ne parlaient jamais de préservatifs non plus.

— Maintenant qu'il est parti, vous êtes tranquille. Mais vous ne devez plus le revoir.

Je m'entends répondre :

— Très bien, je verrai.

Je dois avoir les yeux rouges, je brûle, j'ai froid, je serre les dents si forts que j'en ai mal aux mâchoires.

— J'insiste : il ne faut plus le revoir, Barbara. Il y va de votre sécurité.

— J'ai promis de passer le week-end avec lui.

— Allez-y si vous voulez, mais je vous ai prévenue...

— Oui, je comprends bien, mais je veux quand même y aller pour en parler avec lui. Je ne veux pas en parler simplement au téléphone ou lui écrire une lettre. Il faut que je l'aie en face de moi, il faut que je voie comment il réagit.

— Je comprends très bien, je n'ai pas d'ordre à vous donner, mais, au moins, essayez de stopper tout ça pendant qu'il en est encore temps.

Maintenant, ça tourne dans ma tête. Un vertige monstrueux.

— Si vous voulez, on vous fera une prise de sang, un test de dépistage.

— O.K.

Là, c'est fini, terminé, il faut que je sorte de ce bureau. Je crois avoir tenu le coup, mais s'il insiste, je vais m'effondrer.

Sophie m'attend dehors.

— Ça va ?

La réponse sort d'un trait, en nausée irrépressible.

— Non. T'avais raison, il était séropo.

— C'est un salaud, c'est un dégueulasse ! Tu ne dois plus le voir, cet enfoiré. Je te l'avais dit, tout le monde le savait…

— Laisse-moi tranquille, tu veux ?

Je n'en peux plus. J'ai trop honte, mal, peur. Si peur. Sida ?

Pour moi, l'image du sida, c'était quelqu'un de très maigre avec des marques sur le visage ou sur le corps. Ce qu'on nous a montré à la télévision. D'ailleurs, séropo, je sais à peine ce que ça veut dire ! Il y a eu une campagne, il n'y a pas longtemps, des affiches partout montrant une personne qui disait : « Si je suis séropositive, est-ce que je resterai ton ami ? » Ou bien : « Est-ce que je pourrai quand même manger à la cantine ? »

La première fois que j'ai vu ces affiches, je les ai trouvées sympa, je me suis demandé ce qu'était réellement la séropositivité. Mais je n'ai jamais osé poser la question. Ensuite, j'ai cru que c'était un terme qu'on employait pour des personnes qui avaient le sida. Séropositif, sida, en gros, c'était la même chose pour moi. Je ne savais quasiment rien là-dessus, sauf qu'on en meurt, de cette maladie, et que ça se transmet sexuellement. Surtout sexuellement. J'avais entendu parler des hémophiles, des homosexuels. Pas des drogués, non. Ça ne m'avait pas mise en alerte.

Je vais être contaminée. C'est sûr, « je le suis ».

Mais ce n'est pas ça qui fait le plus mal. Le pire est qu'il n'ait rien dit.

Je repense à sa phrase qui m'a choquée, la première nuit : « T'es séropo ? »

Moi, je lui ai fait confiance, je lui ai dit : « Non, je suis vierge. » Quand je pense à tout ce que je lui ai raconté de moi, et qu'il est resté insensible, qu'il a continué à jouer son jeu dégueulasse.

J'ai mal. Mon cœur va exploser de colère tellement j'ai mal. Maintenant, je suis de l'avis de Sophie, de tout le monde : un beau salaud ! Je veux le voir, qu'il me dise, qu'il m'explique pourquoi il m'a menti, pourquoi il ne m'a pas avoué tout ça. Je ne me dis même pas que je vais rompre. Même pas. Je ne pense pas à la rupture. Je pense aux explications avant tout. La rupture, il n'en est pas question. Pas encore. Je veux, je veux savoir.

Quand je pleure seule dans ma chambre, à Chartres, en général je casse tout autour de moi. Ici, il n'y a rien à casser. Rien qui m'appartienne vraiment, au point d'avoir besoin de le détruire. Ici, il y a le souvenir. Moi dans ses bras, lui sur mon corps. Avec ses mots crus, son désir, et tout ce sang.

J'ai une peur horrible du sang. Sang, sida, sida, sang… Je suis contaminée. Je le sens.

La musique à fond dans les oreilles, à faire exploser les tympans. Le regard accroché au plafond, pour effacer les images. Pourquoi moi ? Mais pourquoi lui ? Je l'aime ! Je le hais !

Pourquoi n'ai-je pas le moindre espoir ? Je pourrais me dire : « Calme-toi, tu as peut-être échappé à cette saloperie. Pas à ton âge, c'est impossible. Pas la première fois que tu aimes. Pas comme ça. » Mais je n'y parviens pas.

Je suis contaminée, c'est sûr.

La sonnerie du téléphone est une déchirure insupportable.

— Alors, le médecin, qu'est-ce qu'il t'a dit ?

— Il m'a dit que tu étais un ex-toxico, il m'a parlé de toi, de nous deux.

Je ne parle pas du sida. Rien. J'attends. Il devrait poser la question, c'est à lui de la poser, merde !

Je sens dans sa voix qu'il a compris que je lui cache quelque chose. Moi-même, je ne suis pas naturelle, je n'ai pas ma gaieté habituelle. Je suis trop mal, j'entends qu'il est mal aussi.

— Alors, voilà, je me suis installé dans l'appart d'un copain…

Parle, parle, menteur. Parle, dis-moi des choses anodines, conte-moi des détails qui ne tuent pas. J'attends que tu regardes Barbara en face, que tu te décides à plonger. De quoi as-tu peur ? Je ne vais pas chialer. Je veux savoir comment un type comme toi a pu faire l'amour à une fille comme moi, une vierge imbécile, naïve, sans lui dire : « Je t'aime, mais j'ai la mort en moi. »

— Tu viens toujours demain ?

— Oui.

— O.K., je t'attends au car comme prévu.

— Salut.

Je regarde la télé. Je ne sais même pas ce qu'il y a sur l'écran. Je regarde sans voir. Je ne prends pas de médicament pour dormir. Il faudrait le demander, et je n'ai pas envie de demander quoi que ce soit.

Personne pour le dire. Pas envie de Sophie non plus. Elle doit raconter ça à quelqu'un d'autre, à des tas d'autres. Ou peut-être pas. Je m'en fous.

Je n'ai rien mangé, mais je m'en fous aussi. Je prépare mes affaires pour le lendemain.

Une étrange sensation m'envahit. Physique et mentale. Je n'existe plus. Je suis un être qui a l'air vivant, qui range des affaires dans un sac de voyage, soigneusement. Qui s'allonge sur le lit, regarde un écran clignoter dans le noir. Qui ne dort pas parce que quelqu'un qui n'existe pas ne peut pas dormir. Ne peut pas penser. Je suis sida, en entier.

Lorsque je me souviens de ces moments-là, je me trouve conne, je ne comprends pas. Le plus ahurissant, le plus fou, c'est de retourner le voir, de continuer cette histoire d'amour avec lui. Et les raisons pour lesquelles je l'ai fait : parce qu'il m'avait menti. Le mensonge en amour me paraissait plus grave que la séropositivité ! La trahison. Je la ressentais, cette trahison, comme si Antony m'avait trompée avec une autre.

Le vrai mal, c'était : « Il ne m'aime pas, puisqu'il m'a fait ça. » L'absence d'amour était insupportable, inimaginable. Là était le véritable refus, la vraie colère, l'ultime humiliation.

Et, obstinément, j'allais chercher à me prouver le contraire. Loin, très loin, dans la contemplation de l'horreur. Cherchant à prouver qu'il s'agissait d'amour.

De mon histoire d'amour.

LE VOYAGE À AIX

Je prends le bus, c'est à vingt minutes. Il m'a téléphoné tous les jours, d'une cabine ou de chez un copain. Il est amoureux de moi, je pense. Il ne veut pas me lâcher en tout cas, puisque c'est lui qui appelle.

Il attend à la gare, assis sur un banc. On se dit bonjour, on parle un petit peu.

— Tu es belle, aujourd'hui. J'aime bien ce short. Super.

— Je ne suis jamais venue à Aix, c'est une belle ville. J'aimerais que tu me la montres un peu.

Nous faisons le tour d'Aix en parlant de tout et de rien, en nous demandant dix fois : Ça va ? Ça va…

Nous marchons, les minutes passent. Au bout d'une demi-heure environ, il me prend la main :

— Maintenant, nous deux, c'est à la vie à la mort.

Je le regarde :

— Ah bon !

Je n'ai pas compris. C'est une déclaration ?

Il a l'air heureux, ce jour-là, content de me voir.

Après le tour de la ville, des arrêts silencieux aux terrasses des cafés, il m'emmène chez lui, vers 17 heures. Nous sommes en pleine période de Roland-Garros. Aujourd'hui, finale dames, Monica Seles contre Sabatini.

Le copain est sorti. Je ne le connais pas. Il ne doit rentrer que dans la soirée. L'appartement est agréable. Propre. Je pourrais être en vacances ici, heureuse. Je m'y sens perdue, comme dans un hall de gare. Étrangère à moi-même. Lourde, mal, privée de cette violence qui d'habitude me sert de refuge. Ce n'est plus un conflit d'enfance, c'est une chose horrible, tétanisante. Je voudrais tant qu'il le dise. Qu'il ait peur avec moi. Ou alors que ce soit un mensonge et qu'il se mette en colère.

Nous nous installons devant la télé, assis sur un petit canapé. Il fait sombre dans cet appartement, il fait chaud. Les volets sont fermés, les fenêtres ouvertes. Nous regardons le match, en fumant, deux tasses de café devant nous.

— Ça va ?

— Oui. Ça peut aller.

— Qu'est-ce qui ne va pas ? Je te trouve pensive.

— Pas plus pensive que d'habitude…

— Oui, mais il y a quand même quelque chose qui doit te tracasser. Tu n'as pas quelque chose à me dire ?

— Non, ce serait plutôt le contraire. Je pense que c'est toi qui as quelque chose à me dire.

— Ben quoi, qu'est-ce que tu veux que je te dise ?

— Je ne sais pas, tu devrais savoir.

— C'est ta discussion avec le médecin, hier, à la clinique ? Qu'est-ce qu'il t'a dit ?

— Il m'a parlé de nous, en particulier de toi, de ton passé, de la drogue et tout le reste.

— Et alors, c'est clair ? Je t'en avais déjà parlé avant, tu n'as pas été surprise.

— Non, pas vraiment, mais quand même.

— Quoi ?

— Je sais pas, tu devrais le savoir, tu es plus au courant que moi, c'est ta vie, c'est pas la mienne.

— Quoi ? Qu'est-ce qui va pas ? Il t'a dit que j'étais malade ?

— Pourquoi ? Parce que tu es malade ?

— Ben oui.

— Mais qu'est-ce que tu as ? Dis-le-moi. Vas-y. J'attends.

— Il t'a dit que j'étais séropositif.

Il a prononcé le mot entier, cette fois. Il me fait presque sourire de soulagement.

Nous sommes toujours assis l'un à côté de l'autre sur le canapé. Je le regarde, lui non, même pas. Il regarde la télé. Il a parlé à la télé. Mais pas à moi.

J'explose :

— Et tu me l'annonces comme ça ? Genre c'est pas grave ? Tu t'es bien foutu de ma gueule, tu t'es bien amusé ?

Pas de réponse.

— T'es un enfoiré ? Un salaud ?

J'ai envie de pleurer, je ne comprends pas, j'attendais plus de lui, j'attendais qu'il explique.

— Mais pourquoi tu n'as rien dit ? Moi, j'ai été franche avec toi, j'ai été claire dès le départ.

— Si je t'avais dit que j'étais séropositif, est-ce que tu serais restée avec moi ? T'aurais eu peur, t'aurais même pas voulu être mon amie...

— Je n'aurais peut-être pas fait l'amour avec toi, pas tout de suite, mais plus tard. Et tu aurais mis des capotes. Mais on ne l'aurait pas fait comme ça. Ça aurait peut-être été plus beau, notre première fois.

Silence.

— Tu aurais dû me le dire, ça aurait peut-être arrangé des choses.

— Te dire quoi ?

— Me dire quoi ! Mais que tu.étais malade !

— Je suis désolé...

Je suis désolé, tout simplement. Ce n'est même pas « Excuse-moi, je n'ai pas eu le courage » ou « Pardon, je suis un criminel », non, c'est « Je suis désolé ». C'est comme ça, on n'en parle plus. Je dois comprendre « Me gonfle pas avec ça, c'est fait, c'est bon, on oublie ».

— Ce n'est pas une réponse, ça, « Je suis désolé » ! Tu aurais dû parler, me prévenir, tu aurais dû...

— Mais je sais tout ça, je sais, je sais.

C'est tout ce qu'il est capable de me dire. L'air embêté. Mais il ne sait rien, en fait. Ou alors il le fait exprès.

Et c'est moi qui parle toute seule, maintenant. C'est un monologue. Je répète les mêmes mots, les mêmes pourquoi, je tourne en rond, enfermée dans son mutisme obstiné.

Si je pouvais craquer vraiment, je hurlerais, je pleurerais, je casserais tout. Mais je veux rester calme. Je veux toujours rester calme devant les autres lorsque je souffre.

Il évite le vrai sujet. Le vrai sujet, c'est son irresponsabilité. Le vrai sujet, c'est que j'étais vierge et qu'il le savait. Le vrai sujet, c'est moi. Lui savait, pas moi.

Après l'avoir traité d'enfoiré, de salaud, de nul... qu'est-ce que je peux dire ou faire d'autre ?

Mais puisque je suis là, avec lui, c'est que je ne l'accuse pas réellement. Une autre fille aurait agi différemment, c'est sûr. Elle aurait couru le dire à ses parents. Elle aurait hurlé à la mort, ou bien se serait enfuie, cachée, enfoncée dans un silence empoisonné. Mais il n'y a plus de secret entre Antony et moi, maintenant. Il sait que je sais. Je sais qu'il savait. Et cette équation stupide nous rapproche misérablement.

Il l'a dit. C'est ce que je voulais.

Il me prend dans ses bras, commence à m'embrasser, et voilà que je fonds en larmes.

— Tu m'en veux ?

— Oui.

— Tu veux rester avec moi quand même ?

— Oui. De toute façon, je suis sûrement séropo. C'est trop tard, je le suis sûrement. Même si c'est pas le cas, je veux être comme toi, et tant pis pour ce qui arrivera.

Séropo comme lui. Son double. A la vie à la mort.

Nous n'avons fait aucun projet d'avenir, mais nous vivrons ensemble. Nul besoin d'en parler tellement cela paraît évident.

Comment se fait-il que je n'ai pas de haine, que je continue à aimer. Comment ?

Je jouais avec ma vie, à ce moment-là. Séropo ou pas encore ? Au fond de moi, je ne voulais pas l'être. J'avais *encore* l'espoir de ne pas l'être. Je ne l'étais peut-être pas encore, à cette époque, je n'en sais rien. Quoi qu'il en soit, cette nuit-là, nous avons encore fait l'amour sans préservatif parce qu'il n'en avait pas et moi non plus. C'est seulement le lendemain que nous en avons acheté.

Puis nous avons abandonné. A quoi bon ? J'étais tellement sûre.

« Maintenant, nous deux, c'est à la vie à la mort. »

C'est bien plus tard cette nuit-là que j'ai réalisé pourquoi il l'avait dit en me prenant la main. Ce n'était pas anodin, cette phrase. J'avais cru à une déclaration classique, genre « Je suis amoureux de toi, je veux qu'on reste ensemble, que l'on fasse un bout de chemin tous les deux ».

C'était une phrase de mort.

Elle m'est restée plantée dans le cœur.

Elle y est toujours.

LA MORT ET MOI

Il y a toujours eu une espèce de duel entre la mort et moi. Je n'essaie pas de la provoquer, mais je la défie souvent. Je prends des comprimés, j'écris une lettre d'adieu, et elle est là, toute proche. Parfois, la chose se déclenche sans rien de spécial. Je n'ai pas d'envie particulière, comme ce samedi de printemps, l'année de mes seize ans. J'ai réellement commencé ce jour-là. Pété les plombs. Depuis, je danse avec la mort. Depuis, j'ai rencontré Antony. C'était il y a un an, je me sens déjà vieille de ce souvenir-là. A l'époque, j'étais une gamine possessive, exigeante, avide de faire du mal aux autres pour se faire mal. Pour se rayer de la liste du bonheur banal. Je traînais encore dans un coin de ma tête une vengeance inassouvie contre elle, ma mère.

Si je pratiquais l'autopsie ?

Je range ma chambre, je fais mon lit, vers 10 heures du matin. Il fait beau, les fenêtres sont ouvertes. Je n'ai pas classe. Il n'y a plus de bistrot, ma mère a trouvé un travail de comptable, elle rentre à midi et se met à cuisiner. Je n'aide jamais ma mère. Ma sœur, oui, parfois. Moi, ça ne me plaît pas. Je suis dans ma chambre, je regarde la télé, ou je bouquine. J'attends que mon père ou ma mère vienne cogner à ma porte pour me dire :

— Barbara, on mange.

Moi, je dis plus volontiers bouffer que manger. Je soupire :

— Merde, ça recommence, c'est déjà l'heure de bouffer.

J'éteins la télé, je vais à la cuisine. Ils sont déjà à table, j'arrive très souvent la dernière. Je m'assieds à côté de mon frère ; en bout de table, ma mère, à côté d'elle, mon père, et en face de moi, ma sœur. La viande est en train de rôtir.

— Qu'est-ce qu'on bouffe ?

— Côtes de porc, petits pois.

— Encore ! Fais chier ! C'est toujours pareil. Y'en a marre des côtes de porc. Tu pourrais pas faire autre chose !

— Dis-moi ce que tu veux manger, y'a plein de choses dans le frigo, c'est pas un problème.

Elle me propose toujours autre chose, patiemment. Je discute, et à la fin elle laisse tomber. Elle ne réplique pas, elle mange et je me démerde. C'est le jeu.

Ce jour-là, elle me dit d'aller voir moi-même dans le frigo.

— Non, j'ai pas envie. T'as qu'à me dire ce qu'il y a.

— Je peux te faire du jambon, un steak, du poisson pané.

— Non, pas de jambon, c'est encore du porc. C'est pas la peine, je me démerderai avec ce qu'il y a.

Ça aussi, c'est la réponse du jeu.

Tout le monde en profite. Ils font à moitié la gueule. Ma sœur me regarde d'un air de dire « Elle est chiante, quand même, toujours la même comédie, quand est-ce qu'elle va se calmer ». Mon frère, lui, s'en fout, ça ne le dérange pas trop, il a l'habitude, aussi. Mon père ne dit rien, mais on sent qu'il n'apprécie pas.

Et moi, je sens que tout le monde en a marre. Donc j'en rajoute. J'ai besoin de les faire chier un maximum ; à qui craquera le premier.

Arrive la viande, ma mère nous sert tous. Je ne tends pas mon assiette, elle la prend pour me servir. J'ai ma côte de porc et mes petits pois. J'attrape ma fourchette et je tourne les petits pois. J'en plante quelques-uns dans la fourchette et puis je les retire. Je m'amuse avec la nourriture sans la manger. Je coupe un morceau de viande, je le mange, je trouve un truc à dire, genre « C'est trop salé », ou « C'est pas bon », ou « C'est trop cuit, j'en veux pas », ou « C'est trop gras ». Personne ne répond, tout le monde essaie de parler d'autre chose. Finalement, je laisse mon assiette :

— C'est trop gras, c'est dégueulasse. Y'a rien à becqueter, y'a que du gras là-dessus. J'aime pas le gras.

Ma mère ne dit trop rien, mon père non plus, mais ils sont énervés. Ils se regardent, ils en ont marre. Ça fait des mois que ça dure, c'est toujours le même scénario, tout le monde en a ras le bol de moi.

Ils parlent d'autre chose, du boulot, du jardin. Ils m'ignorent, en essayant de calmer le jeu. Et plus ils sont calmes, plus j'en rajoute. Mon père ne s'énerve pas pour autant. Et d'une manière ou d'une autre, ce n'est pas ma mère qui explose, c'est moi qui craque. Je cherche toujours à faire une sortie. Je pourrais très bien me lever et partir dans ma chambre, style reine offensée, mais, ce jour-là, je reste à table. Et je continue à chipoter dans l'assiette. Je décortique bien ma côte de porc. Sans bruit. Mon frère et mon père font suffisamment de bruit à eux deux en coupant leur viande. En plus, mon frère me dégoûte ; il met du Ketchup dans ses petits pois, il en fout partout. Il y a bientôt plus de Ketchup dans son assiette qu'autre chose. C'est écœurant. Mon père, il engloutit. Il a toujours faim. Ça ne le tracasse pas que les autres mangent ou non ; il a son assiette, il mange. Je suis contente que mon petit manège ne lui coupe pas l'appétit, contente de le voir dévorer ; il trouve ça bon, tant mieux. Ma mère, je le sens à sa façon de manger, prend son temps. Elle surveille toutes les assiettes, et la mienne est toujours pleine ; elle ne diminue pas. On sent qu'elle n'est pas bien. Je redécortique ma côte de porc, mets les os d'un côté, la viande de l'autre, les petits pois un peu plus loin… et je ne mange pas pour autant. Je gaspille. Quitte à ne pas manger cette côte de porc, je pourrais la laisser intacte pour quelqu'un d'autre. Au contraire, je découpe tout.

J'épie tout le monde, en particulier mes parents, surtout ma mère, évidemment. C'est elle que je vise. J'attends qu'elle craque, qu'elle fasse quelque chose. C'est elle qui se crève, qui bosse toute la journée, rentre à midi, fait la popote. Elle nous sert tous, elle débarrasse la table et retourne travailler. Elle prend son temps pour nous faire à manger. C'est son boulot de mère. Le repas, c'est plus une épreuve qu'une détente pour elle.

J'attends. Elle ne dit toujours rien. Ça m'amuse. Du sadisme. J'ai plaisir à la voir ennuyée, ne sachant pas quoi faire, pas quoi dire. Cela signifie que le jeu dure. Nous jouons les prolongations.

Elle finit par débarrasser mon assiette de ses restes pour les mettre au frigo. Elle ne le fait pas remarquer, mais il y aura bien quelqu'un pour les manger. Elle donne les petits pois au chien et garde la viande, peut-être en espérant que je la mangerai le soir. Elle n'aime pas jeter la nourriture, elle la préserve. Et tout ça sans commentaires. Mais elle en a marre, elle fait ça vite et pas très bien. Elle veut s'en débarrasser, de cette assiette.

Évidemment, je ne prends pas de fromage. On me propose un yaourt.

— Qu'est-ce qu'il y a comme yaourt ? Est-ce qu'il y a des Danettes ? Évidemment, il n'y en a plus. Chaque fois que je veux manger une Danette, tout le monde en mange, on ne m'en laisse pas.

J'aime bien ce genre de remarque. Personne ne dit rien. Ma sœur me regarde, je sais qu'elle soupire en silence : « Mais c'est pas vrai ! Elle le fait exprès ! Comme si on avait l'habitude de tout bouffer et de ne rien lui laisser ! » Ce soupir est le reflet de ce que tout le monde pense. Il n'y a que le petit frère qui n'est pas traumatisé ; au contraire, ça le fait rire. Il le bouffe, son yaourt. Peu importe. Tandis que mes parents et ma sœur ont envie de me claquer, surtout la frangine.

La gifle, je l'attends. J'en ai déjà reçu quand j'étais plus jeune. Maintenant, on ne me frappe plus, je suis grande, et pourtant j'attends toujours la gifle. Elle me ferait sûrement du bien. J'attends ; je sais qu'elle ne viendra pas. Et je continue. Les yaourts ne me plaisent pas ; pas de yaourts aux fruits ; plus de Danettes ; je ne veux pas de yaourt nature ; il y a des flans au caramel… Ah tiens, allons-y pour un flan. Tout le monde est soulagé ; enfin, elle a trouvé quelque chose ! J'ouvre le pot, je commence à mettre ma cuillère dedans et je touille, je touille, j'en fais de la bouillie, et, comme si je venais de m'en apercevoir, je finis par dire :

— Oh, mais y a du caramel là-dedans ! J'aime pas le caramel.

Je cherchais quelque chose et je l'ai trouvé. Et ça me fait rire, c'est ça qui est con. Les flans, je n'en mange jamais à cause du caramel. Ou alors, je mange le dessus, en laissant le fond, là où se niche le caramel. Cette fois, j'ai bien touillé, ça n'a plus l'allure d'un flan mais d'une bouillie immonde. Au début, je l'ai fait inconsciemment, j'avais quand même envie de le manger, ce flan, j'avais faim. Mais pas devant eux. Pas devant ma mère. Elle craque :

— Tu te fous de qui, là ? C'est un flan au caramel, tu devrais le savoir ! Depuis le temps qu'on en achète ! D'habitude, tu n'en manges jamais ! C'est pour nous faire cette comédie-là ; J'en ai marre, Barbara, à quoi tu joues ? Tu nous fais chier !

Et je la laisse parler, je souris, l'air de dire « Ça y est, tu t'énerves enfin, on y arrive, pauvre conne ! Tu peux causer, j'en ai rien à foutre, ça me passe au-dessus ».

La dispute approchant, mon frère et ma sœur sortent de table, pour ne pas s'en mêler. Mon père reste là. Il écoute et finit par dire :

— Barbara, c'est vrai, tu exagères…

Lui ne me dit pas « Tu fais chier », mais « Tu exagères ».

— ... Explique-nous ce qui ne va pas, qu'est-ce qu'on a fait de mal ?

Pour lui, il y a évidemment une raison là-dessous.

— Vous ne me comprenez pas, j'en ai marre, tout le monde me fait chier ! Vous êtes tous après moi. Si je veux pas bouffer, on me fait la gueule ! Je fais un effort en venant à table avec vous et vous m'engueulez parce que je ne mange pas mon flan ou parce que je laisse ma côte de porc !

Ma mère a du mal à se contenir.

— Mais on ne t'a pas forcée à rester à table avec nous. Personne ne t'a forcée à le manger, ce flan. On te l'a seulement proposé, tu as dit oui, et si tu dis oui, on te sert. C'est normal.

— Oui, mais quand même, tu sais bien que j'aime pas ça. Tu me fais toujours des trucs que j'aime pas bouffer.

— Je t'ai proposé mille choses, mais tu trouves toujours un prétexte pour refuser. Maintenant, Barbara, tu vas te démerder. Si tu préfères « bouffer au resto », comme tu dis, bouffe au resto, mais ne nous emmerde plus ! Compris ?

Là, ça chauffe vraiment. Il est déjà trop tard, mais je commence à me dire : « Stop, Barbara, arrête. »

Je me lève de table brusquement. Je ne discute plus, je me tire. Pour bien le faire remarquer, je claque la porte de la cuisine, et, au passage, je renverse deux énormes plantes vertes que j'envoie valser à l'autre bout du couloir. Je n'ai pas le bras assez long pour atteindre la troisième.

Je passe devant ce désastre comme s'il n'existait pas.

Ma mère se précipite dans le hall dévasté, mon père est affolé, mon frère et ma sœur me regardent sans rien comprendre.

C'est la rage totale, ma mère a gagné. Avec son « Ne nous emmerde plus ! Compris ? », elle vient de me renvoyer à la maternelle.

Je file dans ma chambre en claquant la porte.

Je mets la musique à fond, et c'est la crise. Je commence à casser. Toute une étagère de petits bibelots — des vases, des sujets en porcelaine —, je balaie tout ça de la main. C'est à moi et j'y tiens, pourtant. Mais je casse. Je prends mes nounours et je les envoie valser à l'autre bout de la pièce. Je fais les cent pas, je chiale à moitié, je serre les poings, je gueule :

— J'en ai marre, j'en ai marre ! Ils me font chier. Tous des cons ! Vivement que je me tire, y'en a ras le bol de tout ça. Les nuls, ils ne comprennent pas, ils sont tous après moi ! Mais qu'est-ce que j'ai fait pour mériter ça ? C'est pas juste, j'en peux plus, ils me font chier, je vais me tirer. C'est pas une vie, c'est carrément l'enfer...

Soudain, la porte s'ouvre. Ma mère apparaît, le flan à la main :

— Maintenant, tu vas le bouffer, ce flan ! C'est moi qui te le dis !

— Non ! Ravale-le, fous-le à la poubelle, bouffe-le, fais-en ce que tu veux, j'en veux pas.

Elle avance vers moi, méchamment. Jamais elle n'a fait ça. On ne joue plus, c'est du sérieux. Elle me bloque dans un coin, entre la télé et le mur, avance la cuillère, la colle contre ma bouche :

— Maintenant, tu vas bouffer ! Je te préviens, tu vas bouffer !

Je hurle comme une folle, en essayant de repousser sa main :

— Non, tire-toi, tire-toi, tu me fais chier.

Mon père arrive sur le pas de la porte :

— Bon, Margaret, on se calme. Laisse-moi faire, je vais me débrouiller avec elle.

Mais elle n'en peut plus, elle est à bout, en pleine crise de nerfs. Je l'ai atteinte bien plus loin que ma petite tête d'imbécile pouvait l'imaginer. J'ai fait d'elle, ce jour-là, à ce moment-là, une mère hors d'elle, une femme qui n'est plus elle, et qui crie à mon père :

— Toi, tire-toi, c'est trop tard pour ouvrir ta gueule. Il fallait le faire avant, laisse-moi régler ça !

Mon père se tait à contrecœur. Il ne résiste pas aux violences verbales de ma mère. Et je voudrais tant qu'il le fasse, qu'il prenne mon parti, en fait !

Elle est contre moi, forte, bien plus puissante. Elle me colle au mur, essaie de m'enfourner la cuillère dans la bouche. Évidemment, je serre les dents, en relevant la tête. La cuillère cogne douloureusement contre l'émail. De l'autre main, elle tient le pot qui déborde. Il y en a partout, sur mes vêtements, sur les siens, sur les rideaux, sur la moquette.

Je vois mon père s'apprêter à partir et me lancer un regard suppliant qui veut dire : « Arrête, fais ce qu'elle te demande, on n'en peut plus, ça suffit. » C'est un regard complètement découragé, de chien apeuré, désespéré, déboussolé. Auquel je réponds d'un regard méchant qui dit : « C'est ta faute, tu n'avais qu'à être plus fort. Ouvre ta gueule une fois pour toutes. Tu ne la maîtrises pas. » Et aussi désespéré : « Retiens-la, aide-moi… sauve-moi. »

Ma mère a le dessus, mais je finis par me dégager de son emprise. Elle me poursuit dans la chambre, le flan à la main en criant toujours :

— Tu vas bouffer, tu vas bouffer ? Tu vas voir si tu ne vas pas le bouffer ! T'as joué avec lui pendant dix minutes, maintenant, c'est moi qui joue avec toi !

On se cogne partout, les meubles valsent. C'est hyper violent, avec des cris, des coups.

— Mais lâche-moi, fous-moi la paix, qu'est-ce qui te prend ? T'es complètement folle…

Je la traite de folle, de tarée, de débile, de vieille peau. Je l'insulte avec une volupté mauvaise. « Vieille peau », c'est mon mot préféré. C'est l'insulte qui percute, qui fait mal. Entre un « Fous-moi la paix » et un « Lâche-moi », il y a « Connasse » ou « Salope », ou « Vieille peau ». Toujours le même dialogue.

Elle, de son côté :

— Merci, merci beaucoup, toujours aussi gentille à ce que je vois ! Mais qu'est-ce que je t'ai fait ? Pourquoi toujours moi ? Pourquoi ? Je n'en peux plus !

Elle est rouge de colère, les larmes aux yeux. Elle craque définitivement, épuisée.

Il y a derrière nous, depuis des années, une accumulation de bagarres et d'insultes, mais aujourd'hui, c'est la guerre, et c'est la première fois que nous en arrivons là. Si loin.

Je me rapproche de la cuisine, elle me rattrape, entre-temps elle a posé le flan je ne sais pas trop où, me recoince contre le mur et dit soudain :

— Calme-toi, qu'est-ce qui te prend ? Qu'est-ce qui me prend ? On a l'air de quoi ? Tu n'as pas honte d'insulter ta mère ? Mais merde ! Je suis ta mère quand même ! Explique-moi, dis-moi ce qui ne va pas ? Je n'en peux plus, comprends-nous.

Elle me serre au niveau des épaules, j'ai mal, ses ongles me rentrent dans la peau. Alors je la repousse trop violemment :

— Lâche-moi !

Elle atterrit contre le mur d'en face. Plaquée. Victime. Je vois qu'elle a mal, mais ce n'est pas une souffrance physique. Elle n'est pas assommée, le mur l'a seulement arrêtée dans sa chute. C'est le geste qui lui a fait mal. Elle ne comprend pas, elle m'interroge du regard.

C'est un vrai désespoir. Elle a peut-être peur que je vienne la frapper ? Je le lis dans ses yeux. Et je l'aurais sûrement fait, si je n'avais pas réussi à me dégager d'elle à temps. C'est pour m'empêcher de la frapper que je l'ai repoussée.

Mon frère pleure, ma sœur crie :

— Arrête, Barbara ! Tu es folle !

Il y a un temps de silence. Mon père s'approche de moi, il essaie de me passer la main dans les cheveux, je le repousse.

— Calme-toi, Barbara. Ça suffit, arrête.

Il essaie de dire quelque chose pour ne pas faire de mal à ma mère, pour ne pas m'en faire non plus. Il fait un pas de plus, je recule, il n'insiste pas. Sa voix est calme, tellement triste aussi :

— Barbara, je t'en prie, ça suffit, calme-toi. Oublie.

Je me mets à pleurer, d'un coup. Je pleure de colère, de rage, de désespoir. Je pleure à gros sanglots. C'est de l'hystérie. Ça ne me calme pas pour autant. Je hurle encore plus fort :

— Non, vous ne m'aimez pas ! Vous ne me comprenez pas !

Je fonce dans la cuisine, en repoussant mon père au passage, j'ouvre le tiroir, sors un couteau et je le plante sur mon poignet. C'est un couteau à viande, noir, terriblement coupant. Ils ont tous anticipé mon geste, et c'est mon père qui arrive le premier. Il bloque la main qui tient le couteau. Ma mère passe derrière moi, m'immobilise aux épaules. Ma sœur pleure, mon frère me tire les cheveux. Il me donne des coups de pied dans les jambes, il fait tout ce qu'il peut pour m'empêcher de me couper le poignet et en même temps il est en larmes.

Alors j'éclate à nouveau en sanglots. Tout mon corps se détend, et lentement je lâche le couteau, qui tombe à terre. Mon père le ramasse aussitôt, referme le tiroir et se place devant. Je reste là à pleurer, les mains vides.

Ma mère s'approche de moi, essaie de me prendre la main. Je la repousse, mais faiblement. Je n'ai plus de force, je suis complètement vidée.

— Foutez-moi la paix, je veux être tranquille.

Je retourne dans ma chambre, je mets de la musique, je m'allonge sur le lit pour pleurer en paix. La violence est passée, il reste le désespoir. J'ai le hoquet, j'étouffe, j'ai du mal à respirer. Je me réfugie près d'un nounours, je me mouche et j'envoie valser les Kleenex à l'autre bout de la chambre avec les débris des objets cassés, les éclaboussures de flan. Un désastre.

Pourquoi ? Qu'est-ce que ma mère m'a fait pour que je lui en veuille à ce point ?

J'entends mon frère, dans sa chambre, qui tape du pied par terre et crie :

— J'en ai marre, quelle conne ! C'est toujours pareil ! Quand est-ce que ça finira, cette histoire ?

J'ai seize ans, il en a onze, mon petit frère, et il en a ras le bol de moi. Je pourris la vie de tout le monde.

Gâchis. Tout est gâchis. Envie de mourir.

J'entends le déclic du téléphone, ça ne m'intéresse pas, je ne veux pas le savoir. Je sais de toute façon que c'est pour moi ; ils appellent sûrement un médecin, pour me donner des comprimés ou pour discuter avec moi, tout simplement. J'entends ma sœur, Soline, ramasser les débris de plantes.

Mes parents discutent toujours entre eux, enfermés dans la salle à manger.

J'ai envie d'aller les voir et de leur demander pardon. Si seulement j'avais la force de le faire. Mais aller voir ma mère pleurer, après toute cette comédie, ce serait hypocrite de ma part. Trop cinéma. Ce n'est pas possible, au-dessus de mes forces. Et pourtant j'en ai envie.

Eux, ils s'excusent souvent d'avoir eu telle ou telle réaction. Moi, jamais.

Vingt minutes après on sonne à la porte. C'est une ambulance, des blouses blanches et le camion du SAMU. J'ai compris que c'était pour moi. Deux brancardiers descendent. Je vois par la fenêtre un petit attroupement de voisins autour de la maison. Ils sont dans leur jardin, ils épient, ils regardent, ils se posent des questions.

Les brancardiers discutent avec mes parents. J'arrête la

musique pour mieux·entendre, je veux savoir. Ma mère est en larmes, c'est mon père qui prend l'initiative de raconter. Il leur indique la porte de ma chambre.

Ils frappent. Je ne réponds pas. Ils continuent à frapper, et j'entends :

— Barbara ?

— Quoi ? Qu'est-ce que vous voulez ?

— Est-ce qu'on peut entrer ? On voudrait te parler !

— Pourquoi ?

— C'est le SAMU, tes parents nous ont appelés en urgence, ils sont morts d'inquiétude pour toi, on voudrait discuter...

— Non ! Je ne suis pas malade, je ne veux pas aller à l'hôpital.

— Attends, on n'a pas dit qu'on allait t'emmener à l'hôpital, on veut juste parler avec toi. Est-ce qu'on peut entrer ?

— C'est ouvert. Vous ne voulez pas en plus que je vous ouvre la porte ?

Méchante, évidemment. Ils entrent, regardent le spectacle dans la chambre, demandent s'ils peuvent s'asseoir.

— Allez-y, y'a le lit.

Ils s'assoient sur le lit, moi je me plante sur la chaise de mon bureau, en face d'eux.

— Est-ce que tu peux nous raconter exactement ce qui s'est passé ?

— Pourquoi ? Vous n'êtes pas au courant ? Mes parents ont dû s'en charger, pourtant.

— Oui, mais on aimerait entendre ta version. Pourquoi t'as fait ça ?

— De toute façon, y'a rien à raconter, c'est pas la peine, on ne me comprend pas. Vous êtes étrangers, je ne vois pas pourquoi vous pourriez comprendre quelque chose.

Quoi leur dire ? J'ai refusé de bouffer ma viande ? J'ai pas voulu manger un flan, j'en ai fait de la bouillie ? C'est ridicule. Il n'y a pas d'histoire.

— On est là pour t'aider. Est-ce que tu accepterais de nous suivre à l'hôpital ?

— Je n'ai pas besoin d'aller à l'hôpital.

— C'est pour qu'on t'examine et qu'on te donne quelque chose s'il le faut.

— Puisque je n'ai pas le choix, allons-y.

Au passage, j'adresse un regard méchant à mes parents. Traduction : « C'est votre faute, tout ça. Vous n'avez pas d'autre solution pour moi que d'appeler le SAMU ? »

Adolescente à problèmes. Classée anorexique. Prisonnière. Expédiée chez le psy. Raconte, Barbara, raconte. Souviens-toi, Barbara…

J'ai dû voir le psychiatre deux jours après.

— Votre mère m'a donné ceci. Vous voulez que je vous les rende ou est-ce que je les jette et on n'en parle plus ?

Un petit paquet de quatre ou cinq lettres. Des lettres d'adieu puisque je voulais me suicider. Une sorte de testament que j'avais gardé dans mes affaires personnelles. Et ma mère les lui a données ! Elle a osé fouiller dans mes affaires ! C'était insupportable d'être mise à nu comme ça devant ce type.

— Rendez-les-moi. C'est à moi de décider si je m'en débarrasse ou non. Ma mère n'avait pas à y mettre son nez.

Il me les a rendues. Et je les ai jetées par la suite. Toutes sauf une. Souvenir.

Je disais dans ces lettres des choses enfantines :

« J'en ai marre, vous m'emmerdez tous, je vais me tirer. Je ne veux plus vivre avec vous, vous ne me comprenez pas. Personne ne me comprend. »

Pour moi, elles étaient importantes, ces lettres, j'y mettais ma colère. Je n'avais pas le courage d'aller jusqu'au bout, de passer à l'acte. Écrire ces lettres me vidait un peu.

Quand j'allais un peu mieux, il m'arrivait de les relire et de me dire : « Quand même, à ce moment-là, j'étais mal dans ma tête. Heureusement, ça va mieux, maintenant. »

Le maintenant ne durait que quelques semaines, parfois deux. Et ça repartait, j'en écrivais une autre, un peu plus dure encore. Mais je n'allais pas encore jusqu'au bout, il n'y avait pas vraiment de désir de mort. J'appelais au secours. Personne ne répondait.

Alors, j'ai décidé de le faire, en pensant vraiment y rester. Novice, je ne connaissais pas les doses. Le plus simple était de prendre la boîte entière. Mais si on me découvrait trop tôt, j'avais une chance de m'en tirer. Par contre, en prenant la boîte avant de m'endormir, le soir, il y avait peu de risques qu'on m'en sorte. Alors je les prenais toujours le soir.

Spirale. J'en veux à ma mère qui ne s'est pas occupée de moi. J'en veux à mon père qui supporte ma mère. Je m'en veux d'être ce que je suis. D'avoir seize ans, de l'acné, que ma vie ne soit pas ce rêve exigeant qui peuple ma solitude. Je voudrais de l'amour. L'amour de tous, rien que pour moi. Je suis affamée d'amour, pas de bouffe. La seule chose que je peux serrer dans mes bras, c'est un nounours — celui qui perd tous ses poils —, et je tire sur les poils, je le tripote dans tous les sens.

Grand vide, plein de questions dans la tête. Prête à le faire.

Je vais fouiller dans mes médicaments, je les sors, je les regarde. « Je les prends ? Je les prends pas ? »

Ça tourne dans ma tête jusqu'au vertige. Et arrive le moment où vraiment je vais le faire.

Je ferme à clé. Je mets de la musique, le premier truc qui me tombe sous la main. Parfois j'allume la télé en même temps, je coupe le son et je zappe sur des images mortes. Puis je m'assois sur le lit, pose le sac de médicaments à côté de moi, sors les comprimés, lis les notices. Ma préférée est souvent la petite boîte verte et ronde de tranquillisants. Je la serre très fort dans ma main, et ça recommence : « Est-ce que je dois le faire ? Est-ce que je ne dois pas le faire ? »

J'attends. La bouteille d'eau est à côté, j'en prends une gorgée. Deux gorgées. Trois gorgées. Si j'ai du chocolat ou des gâteaux qui traînent, je les bouffe aussi pour faire passer.

Je ferme les volets et les doubles rideaux. « Pourquoi sont-ils comme ça avec moi ? Pourquoi ne font-ils pas un effort pour me comprendre ? Pourquoi j'ai dit ça ? Pourquoi j'ai fait ça ? Je ne suis rien, personne ne m'aime. »

La musique hurle. Je pleure, je m'endors. Je suis morte provisoirement. Lavage d'estomac. On recommence. Spirale.

Pour finir, j'avais le choix. L'internement en hôpital psychiatrique, ou le centre de cure au soleil du Sud.

La promenade sous les tilleuls. On n'est pas sérieux quand on a dix-sept ans. Coup de foudre. Antony.

Pourquoi lui, pourquoi moi ? Qu'est-ce qu'il a pour que je sois subjuguée à ce point ?

La mort vit en Antony. Je vis avec elle, je vis avec lui.

C'est encore une espèce de défi que je me lance là. Qui va gagner de nous deux ? Est-ce toi, la mort ? Ou est-ce moi ?

Pourtant, j'ai encore espoir de gagner. Je voudrais aller jusqu'au bout. Casser ma vie. Montrer que j'existe, par n'importe quel moyen.

Je me méprise un peu. A travers lui, je veux essayer de m'aimer aussi.

Je ne peux plus reculer. Je n'ai pas d'autre choix que de continuer à l'aimer. Puisque je ne peux pas le haïr.

Et il a besoin de quelqu'un ; j'ai l'impression d'être ce quelqu'un. Je me sens presque indispensable. Et pas le droit de le laisser tomber. Pas maintenant. Il est malheureux.

Je l'ai traité de salaud très peu de temps, en fait. Il a été salaud une journée.

Alors je refais l'amour avec lui, chaque week-end. L'amour avec la mort. Puisque c'est elle qui m'aime.

FASCINATION

J'écris à Farida, ma meilleure amie à Chartres depuis toujours. L'enfance.

Mère française, père marocain. Elle est grande, trop forte. Des cheveux noirs, des yeux noirs, et un malheur de vivre tout noir. Ses parents ont divorcé quand elle avait quatorze ans. Son père voulait l'emmener au Maroc pour la marier. Sa mère a dû se battre pour la garder. Il lui réclamait de l'argent ; si elle refusait, elle prenait des coups, et Farida aussi.

A la récréation, les gosses lui lançaient des vannes, « grosse vache », « grosse dinde ». Elle en souffrait énormément. Et moi aussi. Je l'adore. C'est un peu ma petite sœur. Elle a toujours tout compris et m'a toujours tout laissé faire ou dire. Même quand je n'étais pas un ange.

Elle a très envie d'avoir un petit copain, nous en avons si souvent parlé. Mais elle est trop timide et n'attire pas beaucoup les garçons. Elle aussi rêve du grand amour.

Je ne peux pas lui dire que mon Antony est séropo, ex-toxico. S'il est un être que je ne veux pas décevoir, c'est bien elle. Je fais une jolie lettre, qui raconte une belle histoire, parle d'un Antony sans défaut, dont je suis amoureuse, que je rencontre chaque week-end à Aix, où il cherchait du travail. Où il en a trouvé. C'est la seule chose qui ne soit pas un mensonge dans cette lettre. Antony est maintenant paysagiste à Aix.

Parfois je le rejoins le mercredi après-midi, lorsqu'il ne travaille pas. Nous faisons des promenades, il me raccompagne au bus, je dis au revoir de la main, au revoir... Je pars puis retourne le samedi suivant dormir dans ce lit, m'obstiner à faire la connaissance de cet amant qui ne dit rien de lui. Rien, alors que je lui raconte tout : le conflit avec les parents, les suicides ratés, le lycée, mon adolescence foutue. Un matin je dis tout à coup :

— J'en ai marre de te raconter ma vie. Et toi ?

— Oh moi... je n'ai fait que des conneries.

Il part chercher un papier qu'il me met sous le nez.

— Tiens ! lis !

Je lis : *Deux ans de prison. Motif : vol à main armée et proxénétisme aggravé.*

Je suis sciée.

— Mais pourquoi tu me montres ça ?

— Pour que tu voies que maintenant on partage tout. Tu vois, je ne te mens pas, je te fais confiance. Il y a très peu de personnes qui savent. Il y a toi, mes parents, et deux ou trois amis qui sont au courant. Je voulais que tu le saches. Pour que tu me connaisses un peu mieux.

Vol à main armée ?

— Ben oui... une connerie.

Ça ne m'étonne pas vraiment de la part d'un toxico ; ils en arrivent quasiment tous là. Mais proxénétisme aggravé ? Je ne comprends pas.

— Ça, c'était pas vrai ! Je ne suis pas un proxénète. A l'époque, je vivais avec une prostituée, une copine, parce que j'avais pas de thunes. Un soir, on s'est engueulés, je lui ai foutu un coup de poing dans la gueule et elle a été chez les flics en disant que j'étais son mac, que je venais de la tabasser parce qu'elle ne m'avait pas filé de thunes. Les flics sont arrivés aussitôt, ils ont fouillé l'appart, ils ont trouvé l'arme, ils m'ont emprisonné pour proxénétisme aggravé et pour vol à main armée.

Il a l'air sincère. L'explication est simple. En tout cas pour lui. Vrai, faux, je ne sais pas, et je n'essaie même pas de comprendre. C'est trop gros pour moi. Un peu peur de savoir.

Nous nous téléphonons tous les jours. Je ne respecte aucune règle dans ce centre de diététique où je ne mange presque plus jamais. Il m'arrive de rentrer le lundi soir si ce n'est pas le mardi matin. Personne pour m'engueuler. J'ai maigri, je vis ma vie, ils ont abandonné. Personne ici ne me parle plus d'Antony.

Nous nous aimons depuis un mois.

Un samedi, à l'arrivée du bus :

— Je vais m'acheter du shit à Marseille. Tu viens avec moi ? Ça nous changera les idées.

C'est la première fois que je vais découvrir ce milieu. La première fois que je vais voir un dealer.

Ça se passe dans une espèce d'impasse assez sombre, un « endroit tranquille », très sale, puant, près du centre-ville, entre des HLM immenses, du linge pendu aux balcons. J'entends au loin le bruit du grand boulevard. Je flippe un peu.

— Attends-moi dans un coin.

— J'ai pas très envie de rester toute seule ici.

— Bon, O.K., tu viens avec moi, mais tu ne parles pas au mec.

Un grand escalier en pierre en face ; le mec en descend. Un mec pas clair du tout, basané, sale tronche, pas aimable. Il s'approche d'Antony, me regarde, et se met à lui parler en arabe. Je ne comprends pas un mot.

Il a dû lui demander qui j'étais. Antony répond en français :

— C'est rien, c'est ma femme.

Le mec a sorti quatre ou cinq barrettes de shit. Je regarde en douce, fascinée et effrayée. Si j'avais regardé avec insistance, j'aurai eu l'air conne, sans expérience. Et le mec aurait pu se poser des questions.

J'ai déjà vu des barrettes de shit à la télé, mais là, elles sont entières, vraies. C'est noir, ça a l'air assez dur ; c'est tout petit, pas épais, de forme rectangulaire. Ça m'intrigue. Il faut passer un briquet en dessous, le faire chauffer. Ça dégage une odeur forte, ça prend au nez, à la gorge. Et puis quand c'est chaud, ça se détache facilement.

Antony le met en miettes, le mélange avec du tabac et roule le tout dans du papier à cigarettes. Je l'ai déjà vu faire ça plusieurs fois au centre, avec des petits bouts.

Je prends un air détaché en allumant une cigarette. Pas très rassurée quand même. Antony a choisi la barrette la plus grosse, la plus lourde, après les avoir soupesées. Je n'ai pas vu de différence, mais lui en a trouvé une, évidemment. Il l'a sentie, brûlée un peu pour l'odeur, et il a donné 50 balles.

Ça pue, ce shit, c'est une infection. Au centre, il évitait de fumer dans sa chambre, mais tout le monde le savait. Il se mettait au balcon ou allait dans le parc. Personne ne lui a jamais fait de réflexion là-dessus.

C'est fascinant, je suis complètement aspirée par ce monde. J'ai envie de savoir, envie de découvrir tout ça. Tout en gardant un certain recul, un reste de lucidité, une protection. Ce n'est pas Antony, ma protection, c'est ma famille. Je veux bien mettre mon nez dans ce monde-là, mais pas y vivre. Garder l'autre.

Je voudrais sortir Antony de ce cauchemar permanent. Je voudrais vraiment qu'il change, qu'il découvre ma vie. La seule solution serait de l'emmener un jour à Chartres.

J'ai peur qu'il remette les pieds à Marseille. Il dit souvent :

— Je ne veux pas revoir mes anciens copains, ils sont encore dans la came. Si j'y retourne, je replonge.

Il le sait, ça. Mais c'est plus fort que lui, un jour ou l'autre il y retourne pour le shit. Il ne m'a jamais demandé de l'en empêcher. Et je ne vois pas ce que je pourrais faire.

Il essaie de s'en persuader tout seul. Il en parle tout seul devant moi. Il dit ses angoisses et me les fait vivre aussi.

— J'en suis sorti, j'y retournerai pas. Fumer un joint, c'est rien, c'est pas avec les joints qu'on se pique.

Je le crois. Le principal est qu'il ne touche plus à la drogue dure, qu'il ne se pique pas.

J'ai vécu ma première « aventure de la rue ». Je ne pense plus au danger, j'en suis incapable. Je vis le jour qui passe. Et feuillette le cahier crocodile :

Libère-moi mon amour, libère-moi.
Tu me rends réel.
Tu me donnes la raison d'être des amants.
Tu m'arraches aux souffrances égarées.
Libère-moi mon amour, libère-moi.
Toi seule peux me rendre réel.

— Ce soir-là... — vous rentrez aux cafés éclatants,
   Vous demandez des bocks et de la limonade...
— On n'est pas sérieux quand on a dix-sept ans
   Et qu'on a des tilleuls verts sur la promenade.

DES PARFUMS DE BIÈRE

Fin juin, séjour terminé. Mes parents sont venus me cher-cher. J'ai fait visiter le centre à ma mère, qui ne le connais-sait pas, déjeuné avec eux. Grignoté. Eux qui voulaient savoir chaque semaine combien je pesais exactement, qui ont payé pour cela... Je suis entrée dans ce centre pesant cinquante-sept kilos, j'en ressors à cinquante et demi. On a dû demander une prolongation d'un mois à la Sécu. Je n'en voyais pas l'intérêt, sauf qu'en restant au centre, je pouvais passer mes week-ends avec Antony.

Je quitte la promenade sous les tilleuls dans un silence collectif. La directrice de la clinique n'a pas jugé bon d'avoir une « conversation privée » avec mes parents. Ils pensent que je vais mieux, puisqu'on ne s'engueule pas et que je fais moins la tête. J'ai même pris quelques couleurs.

J'ai une vie dont ils ne savent toujours rien. Même le plus grave.

Je ne sais pas encore qu'il faut un certain temps avant de connaître les résultats d'un test de séropositivité. J'ignore les précautions à prendre dans mon cas. Je n'ai pas osé voir le médecin de la clinique et lui demander plus de détails, ou même aller à la bibliothèque d'Aix-en-Provence chercher un bouquin pour me documenter.

Je me sais condamnée d'avance. C'était tellement moche, tellement morbide, cette première nuit d'amour. J'ai tellement saigné. Le sang est très contaminant, ça, du moins, je ne l'ignore pas. Si je n'avais pas été vierge, beaucoup de choses auraient été différentes. D'abord, je n'aurais pas eu cette crédulité.

Mais je suis mineure, cette clinique était responsable de moi. Ce médecin n'était pas forcément obligé de me dire d'avance qu'Antony était séropositif, mais il aurait dû au moins lui parler. Le prévenir : « Tu es contaminé, la gamine ne l'est pas, fais gaffe. Mets des préservatifs, ou alors abstinence. Prends tes responsabilités. »

Ils n'ont rien fait. Eux aussi m'ont tuée.

Mes parents ne sauront rien. Je ne peux pas.

Orgueil, peur, humiliation, tout se mêle dans ma tête.

Je retrouve ma chambre et mes peluches, le petit frère qui rigole, le père qui se tait, la mère qui guette.

— Un jeune homme t'a téléphoné. Il rappelle dans une heure. Il avait l'accent du Midi. Je suppose que c'est un garçon que tu as connu là-bas ?

— Oui, c'est un copain.

Elle se doute de quelque chose, mais n'en parle pas, puisque je n'en parle pas. J'ai l'air plus heureuse, aussi, épanouie, tout le monde le dit. Pour l'instant, il n'y a pas de drame. A dix-sept ans et demi, on peut avoir un amoureux.

J'aimerais en parler, mais ce n'est pas encore le moment. Ils vont poser les questions classiques : « Qu'est-ce qu'il fait dans la vie ? Quel âge a-t-il ? » Impossible d'y répondre. Si je commence par un bout, je vais mentir.

Je passe le mois de juillet à bosser. Mon père m'a trouvé un boulot dans une entreprise, où je fais un peu de secrétariat. Antony me téléphone quasiment tous les jours.

— Tu bosses ? C'est super, tu vas te faire de la thune !

La thune est son problème existentiel. Avant je parlais « fric », comme tout le monde ; je parle thune, maintenant.

Au mois d'août il m'invite à venir là-bas. Comme il travaille depuis deux mois déjà, il a trouvé un « appart » à Marseille. Je craignais Marseille.

— Mon copain m'invite à passer des vacances chez lui, est-ce que tu es d'accord ?

Ma mère a dit d'accord, vas-y. Sans savoir où, sinon au soleil de Marseille. Ni chez qui, sinon que je le nomme « mon copain ».

Me voilà partie. Elle m'accompagne à la gare de Lyon, à Paris. A l'autre bout du TGV, Antony m'attend à la gare de Marseille…

Marseille.

Je dois y passer quinze jours. Ma sœur est en vacances avec une copine, mon père et mon frère sont partis en camping, comme d'habitude, en Ardèche. Ma mère travaille.

Elle n'est pas dupe. Elle sait que j'aime un garçon, mais elle ne me pose pas de question. C'est toujours aussi bloqué, aussi tendu entre nous. Mais en silence. La communication n'est pas revenue, la confiance non plus.

Je pars un dimanche matin. Elle me souhaite un bon séjour, me demande de l'appeler dès mon arrivée.

J'ai lu quelques bouquins pour essayer de me renseigner sur la maladie, mais je n'ose pas en parler. Un magazine a publié un numéro vert sur le sida. J'ai eu envie d'appeler afin de savoir où je pouvais m'adresser pour faire un test anonyme et gratuit. Et puis je n'ai pas eu le cran. J'ai noté ce numéro de téléphone sur un petit Post-It que j'ai collé sur le mur de ma chambre, au-dessus de mon bureau. Il y est resté un moment, puis je l'ai jeté, et je n'ai jamais téléphoné. J'ai peur de savoir, peur que mes parents se doutent de quelque chose si je vais faire une prise de sang.

Est-ce qu'ils finiront par l'apprendre ?

Par qui ?

Cinq heures de voyage. Je suis énervée, tendue, impatiente de revoir Antony. Est-ce que je lui plais toujours ? Est-ce qu'il va me trouver changée ? J'ai pris un peu de poids depuis la clinique. Deux ou trois kilos à peu près. Je mange bien depuis mon retour à la maison. Alors que je ne mangeais pas là-bas. Bizarre.

Il est sur le quai, il m'a repérée tout de suite. C'est moi

qui ne l'ai pas reconnu immédiatement. Il s'est fait couper les cheveux et ne m'a rien dit.

— Qu'est-ce que tu as fait ? T'es pas beau ! Tu aurais pu me prévenir, quand même !

— Je te l'ai dit au téléphone : attends-toi à du changement !

Je pensais à l'appartement ; c'est drôle comme il ne dit jamais les choses directement. Il préfère que l'on devine, il parle à double sens, ou pas du tout. C'est un code à apprendre.

Il ne me plaît pas, ce changement. J'aimais bien ses cheveux sur les épaules. Je les caressais souvent, et il disait :

— Tu es la première femme à le faire, depuis la mort de ma mère.

Autre changement :

— Tu sais... je travaille sur Marseille maintenant.

J'ai toujours peur de cette ville. Des cafés, des zonards, des rues sombres qui sentent le danger. Le sentiment que je dois partager Antony avec ces rues-là.

Il fait terriblement chaud. J'ai hâte de me retrouver chez lui. Avec lui pour moi toute seule.

Ce soir, il y a match de foot. Évidemment, un Marseillais ne rate jamais ça.

Il n'y a pas beaucoup de meubles, mais l'appartement est grand. Une grande pièce qui sert de salon, un balcon, une chambre, une salle de bains, des toilettes, une cuisine et un couloir assez grand.

— Dans la journée je ne serai pas là. Tu pourras aller à la plage, tu prends le bus, je te montrerai.

Qu'est-ce que je vais faire toute la journée sans lui ?

Le match de foot est retransmis à la radio, ensuite nous écoutons de la musique, discutons de tout et de rien, du boulot, de mon mois de travail en entreprise.

Il est très fatigué. Il a un peu bu, de la bière. Il fume trop de joints, comme d'habitude.

Nous nous endormons très tôt. Sans faire l'amour.

Un couple. Étrange couple. La nuit se traîne, je sommeille tristement.

Il se réveille et me prend dans ses bras.

Je suis heureuse. J'attendais cela depuis notre séparation. C'est toujours une épreuve, mais je l'attendais quand même. Je ne sais pas pourquoi. Une forme d'illusion. Peut-être parce que je me sens femme dans ces moments-là.

Et puis j'ai moins peur depuis qu'il a parlé de prendre des précautions. Je n'ai pas très bien compris son explication, mais, selon lui, la contamination ne pouvant se faire que par le sperme, il se retirera. J'apprendrai plus tard que c'est faux. Il ne me croit pas séropositive. Aucun danger pour moi, dans sa tête. Sauf qu'il y a danger depuis le premier jour et notre semaine de « lune de miel ». Mais il semble avoir annulé ce risque-là aussi. C'est sa technique à lui.

J'ai tellement envie de le croire. Un peu. Beaucoup. Passionnément. Et si j'y avais échappé ? Si je m'étais fait du cinéma ? Au fond, je ne sais pas grand-chose sur ce sida. Il doit avoir raison.

Ou bien il le dit pour me rassurer. Pour ne pas me perdre ?

Les seuls bouquins que j'ai pu lire parlaient surtout de la phase finale. Comment on arrive au sida, comment on en meurt. Ça me paraissait à la fois terrifiant et impensable. Bien entendu, il y était question de rapports sexuels, mais sans détails. Alors, si Antony le dit…

Antony le fait. Barbara subit.

J'aime l'idée de l'amour. Pas l'acte. Mais l'amour se fait, il ne se rêve pas.

Dimanche, nous visitons la ville, les endroits qu'il aime. Nous rencontrons un copain qui vient de sortir de prison. Grand, costaud, la quarantaine, les cheveux bruns, assez longs, une petite queue de cheval, des lunettes de soleil, la peau mate, un tatouage sur le bras, jean et chemise, santiags. Un loubard. Je crains un peu ce genre-là, mais avec Antony je me sens protégée.

Ces gens qui ont fait de la prison, j'en suis un peu curieuse. Ils en parlent, de la prison, ils ne parlent même que de ça. Je crois comprendre qu'il a fait six ou sept ans et qu'il a peur d'y retourner. Il va essayer de trouver un job pour s'en sortir. Il vit avec une fille de dix-sept ans dont il a l'air très amoureux. En fait, je n'écoute pas très bien. Je suis un peu larguée.

Je n'aurais jamais pensé rencontrer un jour ce genre de

personnes. Ni même leur parler. Et tout à coup, j'y suis. Mais sans mode d'emploi, sans langage commun.

Le marginal m'attire beaucoup. La psychologue me l'a dit, j'aime bien me marginaliser. Alors, évidemment, ces marginaux, j'essaie de les comprendre, pour voir si je m'en rapproche réellement, si c'est vraiment le style de vie qui m'attire ou pas...

Non, en fait, j'ai peur de ces gens-là et leur vie ne m'intéresse pas. Je la redoute, même. Pourtant, je fais des efforts pour m'intégrer à la conversation.

Lundi, Antony s'en va travailler tôt. Je fais du ménage. J'aime l'ordre autour de moi, les choses bien en place. C'est un besoin impérieux qui compense peut-être le désordre de l'âme. Lui est le désordre même. Les tee-shirts d'Antony, les slips d'Antony, les bouquins, les disques, les paquets de cigarettes vides, les mégots. Les clopes... Je fume deux paquets de clopes par jour, maintenant. Les boîtes de bière vides. Ça, je ne peux pas. L'alcool et la dope sont les deux poisons qui m'effraient le plus chez lui.

Marseille en solitude au milieu des touristes. Les vacanciers sont rassurants, je reste le plus possible à côté d'eux. Une normalité protectrice.

Nous nous sommes donné rendez-vous dans un café du Vieux-Port, après son travail. La mer, la plage éclatée sous le soleil ne me tentent pas. On y fait des rencontres ; je n'ai envie de parler à personne.

Je n'aime pas la mer. La montagne me va mieux. Il y a plus de rigueur dans la montagne. On y est habillé, pas de désordre.

Je traîne ma tristesse dans les grands magasins, devant les espadrilles colorées, les maillots de bain, les foulards, les bijoux de pacotille.

Puis j'attends au café. Il est à l'heure. Un autre café, des copains d'avant, des copains de drogue. Ils se mettent à boire. De la bière, toujours de la bière. Et des joints.

Je les regarde, devant un premier jus d'orange, puis un autre. J'essaie de répondre aux questions — d'où je viens, ce que je fais. Ma différence les intéresse. Je devine ce qu'ils pensent : « Cette nana vient d'un milieu "clean", qu'est-ce qu'elle fout avec nous ? »

Je suis « clean », jeune, et je suis avec un « mec » comme Antony.

Clean, c'est quelqu'un de bien, qui ne fait pas de conneries, qui ne vole pas, ne se drogue pas, ne ment pas, qui vient d'un milieu correct ; quelqu'un de « normal ».

Je m'efforce de parler le plus possible avec eux, pour ne pas passer pour une conne, ne pas être trop différente non plus. Ce n'est pas simple. Il faut intégrer quelques mots dans son langage. Quelques trucs superficiels. Mais je ne peux pas changer de nature ; je viens de Chartres, d'un autre monde.

J'aimerais qu'Antony oublie un peu les copains, la bière et les joints pour moi. Ses copains, il les voit tout le temps. Moi, je ne suis là que pour deux semaines. Et il se bourre la gueule avec eux, comme si ma présence à ses côtés était un accident de rencontre.

Je savais bien qu'il faudrait subir. Partager n'est même pas le mot. Marseille, les copains, la bière et la drogue seront sûrement plus forts que moi.

Les jours et les soirs vont se ressembler. Le bistrot le matin, le café. Cinq ou six cafés pour commencer à exister. Je n'aime pas le café. Je commence donc par des cafés crème, puis je passe au café noir. Le matin, l'après-midi. Pour faire la même chose que lui. Caméléon.

Je le regarde lire son journal.

Nous n'avons rien à nous dire. Ou alors il faut savoir parler de l'O.M. C'est tout. Il peut passer un quart d'heure, une demi-heure sans rien dire. Je regarde autour de moi, je ne suis plus qu'un regard silencieux, une fonction qui regarde. Je regarde donc son visage très souvent. Pour me convaincre, essayer de percevoir sa personnalité. Surtout les yeux, l'absence d'éclat de ses yeux.

Pendant qu'il lit, quelque chose devrait passer dans ces yeux-là, les éclairer d'une manière ou d'une autre. Je ne distingue aucune lueur. A quoi pense-t-il ? Que veut-il faire de moi ? Qu'est-ce que je fous là, dans tous ces bistrots, à boire tous ces cafés ? Je sers à quoi ?

Souvent, j'ai envie de me lever et de partir. Il n'a pas besoin de moi pour lire ce journal ou se bourrer de bière. Mais c'est lui qui a les clés de l'appart, alors où aller ?

J'ai peu d'argent, pas de carnet de chèques, ni de Carte Bleue. J'ai dit à ma mère que je passais deux semaines chez mon « copain ». J'aurais l'air de quoi si je rentrais en courant ?

Je me mets à la patience alors que ce n'est pas dans ma nature. Il est vraiment la première personne avec laquelle je suis d'une patience telle qu'elle en devient stupide. Avec toujours l'espoir qu'il s'anime, qu'il me rejoigne, que l'histoire d'amour tourne au réel, ailleurs que dans mes rêves.

Avec de la frustration, aussi. Je voudrais savoir s'il m'aime ou non. Certains jours je pense : « Oui, il m'aime. » D'autres jours, en un éclair : « Il se fout de ma gueule. »

Il m'aime quand il rit, quand il parle, lorsqu'il pose des questions sur moi, sur ma vie, sur mes envies, sur ce qui pourrait me faire plaisir. Mais c'est si rare.

Il m'a demandé de lui parler de Chartres, de ma famille, de ce que font mes parents. Lorsque j'ai répondu que ma mère était comptable et mon père fonctionnaire administratif, il a répondu :

— Ça va, ils gagnent bien leur vie, vous n'êtes pas des pauvres !

Pour lui, fonctionnaire, c'est côtoyer des personnalités plus ou moins importantes et gagner beaucoup de thunes. On est friqué, donc on connaît du monde.

Quand j'ai dit que mes parents avaient une XM :

— C'est pas une voiture de merde, ça !

C'est une voiture spacieuse, confortable ; on peut dire bourgeoise. Mais la seule option qu'ont pu s'offrir mes parents, c'est l'allume-cigare.

Quand j'ai dit que nous vivions dans un pavillon, avec un jardin, des fleurs, des animaux, il a vu la villa de rêve. Il a toujours vécu en HLM, alors une maison, c'est le rêve.

Il dit de plus en plus souvent :

— Je comprends pas comment on peut être ensemble, on n'est pas du même milieu ! Toi, en plus, t'es bourgeoise.

Ce mot fait toujours tilt, parce que je ne suis pas une bourgeoise. Une bourgeoise est une fille de famille riche. Ce n'est pas mon cas.

— Antony, nous ne sommes pas riches, mes parents travaillent, c'est tout.

— Oui, c'est vrai, t'as raison.

Mais il n'en pense pas un mot. Pour lui, je reste la petite

bourgeoise, la petite fille friquée. Il n'a pas la notion des gens qui travaillent pour obtenir le peu qu'ils ont. Il ne se rend pas compte que mes parents se tuent au boulot. Je lui ai souvent parlé du café que tenait ma mère. Pour lui faire comprendre que mes problèmes avec elle avaient commencé là. Tout ce travail, tous ces hommes qui défilaient au bar, ce sentiment d'exclusion... J'avais horreur de ce café. Plus de vie de famille, plus de repas en paix. J'avais sept ans. Je ne bouffe plus depuis. Même si le café n'existe plus.

Pour lui, c'est facile de tenir un café. Il voit le bar-tabac PMU, la bière qui coule à flots, la thune qui dégringole sans effort dans le tiroir-caisse. Une magie qui n'existe pas.

Il ne me demande pas d'argent, jamais. Il le demande sans le demander. Souvent, ça part d'une histoire de shit.

— C'est galère, il faut que je m'achète du shit, tout ça. Faut que je passe au distributeur.

Comme il habite dans un quartier paumé, sans distributeurs d'argent, il faut retourner au centre de la ville et marcher pendant un bon bout de temps. Et comme je suis fatiguée, que je n'aime pas marcher, et qu'il le sait...

— Si t'as besoin de cinquante balles, je les ai, je te les passe.

— Oui, ça m'arrange, on perdra moins de temps. Mais t'inquiète pas, je te les rembourserai.

Mais il ne m'a jamais remboursée. Il lui faut une barrette de shit tous les jours.

Un soir, il est tellement fatigué, bizarre, que je pense d'abord à l'alcool.

— Non, c'est un copain au boulot qui a ramené des comprimés. On a pris ça avec une bière et ça nous a foutus patraques.

Il replonge. Il parle de « médocs », de types qui lui en donnent. Je me surprends maintenant à examiner ses bras, à comparer avec les miens. Ses veines sont noueuses, d'un vilain bleu, presque violacé, mais je ne décèle aucune trace de piqûre. Pour autant que j'en sois capable, d'ailleurs.

Toujours ce regard sombre, sans éclat, de plus en plus mort. Et pourtant une résistance physique surprenante.

Il a maigri. Parfois il s'en rend compte :

— Je ne suis plus très gros, il faut que je bouffe.

Même en mangeant il ne prend pas énormément de

poids. Il se sent vidé, sans forces, puis repart à l'assaut des bières, à la course au shit, aux médocs, aux tonnes de café.

Est-ce qu'il est malade ? Est-ce que le sida est là ? Il n'en parle plus depuis son « Je suis désolé ».

Nous faisons silence.

Nous faisons l'amour de temps en temps. Mal.

Je fais patience.

Ce que je ne supporterais de personne, je le supporte de lui. Sans violence de ma part, sans rien casser autour de moi.

Il ne se rend compte de rien. Je suis une passante à Marseille.

Une passante dans sa vie ?

*
* *

Rimbaud n'est plus. Le roman de mes dix-sept ans a le parfum amer d'un mélo de zonarde.

Poésie, rêve, mon refuge meurt sur un quai de gare.

Je n'irai plus jamais sous les tilleuls de la promenade.

DE GARE EN GARE

Je suis arrivée avec huit cents ou mille balles. Au bout d'une semaine, je n'ai plus un sou. Les huit jours ont passé très vite.

Samedi, match de foot, le soir, au stade vélodrome. Marseille contre Metz, le début de la nouvelle année du championnat de France. Il est heureux. Je ne suis pas branchée foot, mais il m'a appris à l'aimer.

— Tu verras, un match de foot, c'est génial, surtout quand c'est Marseille qui joue.

Je me suis vraiment amusée. J'ai trouvé ça génial. Aucune violence. J'ai eu de la veine. Peut-être parce que Marseille a gagné, je ne sais pas... Sûrement.

Le soir, il n'est pas bourré, genre supporter de l'O.M., mais calme. Il ne hurle pas et ne brandit pas de drapeau.

Et nous passons un dimanche tranquille, ensemble. Heureuse Barbara. Une soirée de bonheur.

Le lundi, il retourne au boulot et recommence à traîner en ville. Je n'ai plus de thunes, je ne peux plus payer les cafés de tout le monde.

— Il va peut-être falloir que je pense à rentrer.

— Ah oui ? O.K.

Il n'est pas triste pour autant. Moi, j'en ai gros sur le cœur. Je ne voudrais pas partir. J'attends un signe de sa part. Il ne vient pas, ce signe. Pour lui, tout est normal, et j'ai même l'impression de le débarrasser d'un poids…

Mardi, je vais à la gare prendre mon billet de train. J'ai quand même mis cent balles de côté pour ça.

9 heures du matin. Que faire pour cette dernière journée, avant cette dernière soirée ?

— Bonjour !

Deux inconnus. Je discute avec eux. Antony se désintéresse de moi et se fout complètement de mon départ ? Autant m'amuser ! Petite révolte. Sursaut d'orgueil.

Méfiance tout de même. Je n'ai jamais fait ça. Jamais. Partir avec des inconnus. Nous allons boire un café. Ils sont sympathiques au départ. Mais très vite dérangeants.

Claude, plutôt petit, un regard assez dur, inquiétant. Les yeux clairs, bleus. Environ vingt-cinq ans. L'autre, plutôt grand, pas mal, un visage doux, vingt-deux ans environ. L'air pas vraiment dangereux. Le petit ne me plaît pas trop. Avec le grand, par contre, je me sens presque en confiance. Du moins pas en danger.

Soudain, l'un d'eux dit :

— Il faut que je monte à l'appart déposer mon linge. J'ai fait jour de lessive aujourd'hui. Tu viens avec nous ?

— Je ne sais pas, il faut que je pense à rentrer aussi.

— N'aie pas peur, on ne va pas te manger, ni te violer.

— Bon, O.K., mais cinq minutes, je n'ai pas beaucoup de temps.

Ils commencent à rouler des joints. Ça ne m'étonne pas tellement. A Marseille, on a l'impression que le joint circule à tous les coins de rues, qu'il y en a dans toutes les poches.

Je reste cool. Ils m'en proposent et je tire quelques bouffées. J'ai déjà un peu fumé avant, avec Antony, mais ça n'a jamais réussi, la tête me tourne. Je n'aime pas ça. Mais pour faire comme eux, ou par vengeance envers Antony, par bêtise de toute façon, je dis oui. Barbara fait son numéro d'affranchie. Marginalité, quelle connerie ne fait-on pas en ton nom ?

Bien sûr, comme une conne, j'ai dit que j'habitais à Chartres, près de Paris, que j'avais dix-sept ans. Peut-être avaient-ils une idée derrière la tête. Ils me font visiter Marseille. Nous voilà partis. La tête embrumée en ce qui me concerne, lasse, mais obstinée dans la bêtise. Ça ne m'a pas frappé tout de suite, mais ils se sont arrêtés plusieurs fois devant des filles. Des prostituées. Et je n'ai pas fait le rapprochement tout de suite. Des macs ?

Je traîne dans la ville, de café en bistrot avec eux, comme avec Antony. Ils ne boivent pas d'alcool, moi non plus. Jusqu'ici, il n'y a pas de problème. Puis, à un moment, nous nous retrouvons dans une espèce de petit parc assez désert. Et là, ils sortent de la coke. Chacun un rail. Ils en font un pour moi, je refuse.

— Si, si, prends-le, tu verras, ça ne te fera rien.

— Non, je n'en ai jamais pris, je n'ai pas envie d'essayer. Le joint, ça me suffit largement. Je n'ai pas envie d'en faire plus.

Je commence aussi à avoir peur de leurs réactions. Ils l'ont prise devant moi, cette coke, sans complexe. Et le petit commence à s'énerver ; speed, les yeux rouges. Il me fait peur. L'autre est calme, très détendu.

Je refume un joint, pour avoir une contenance, en espérant que ma tête va cesser de tourner, mon cœur de chavirer, mon estomac de se soulever. Je ne sais plus où ils m'entraînent à travers la ville. Je marche dans la foule, dans la brume.

Le grand est parti en disant qu'il repasserait dans une heure. Et je suis restée avec le petit. On est dans un café tous les deux. Il n'arrête pas de prendre rail de coke sur rail de coke, dans les chiottes.

— Je reviens.

Chaque fois qu'il revient, il est encore plus mal. Tout le monde se connaît ici, apparemment. La marginalité y est fréquente. Je suis mal à l'aise.

— Je vais sur la terrasse, je trouve qu'il fait chaud ici, je me sentirai mieux dehors.

— O.K., je te rejoins dans cinq minutes.

Une fois sur la terrasse, je me casse en vitesse. Je cours prendre le bus et me réfugie à l'appartement. J'ai eu peur, j'ai besoin d'oublier tout ça. J'ai envie de me coucher, de dormir. J'ai trop fumé. Qu'est-ce qui m'a pris de me coller à ces deux types, des macs, des dealers ? Je deviens folle ?

Quelqu'un me secoue brutalement.

— Tu viens, on sort, on va faire un tour.

Je suis un sac de plomb.

— Non, je suis fatiguée.

— Allez, quoi, t'es pas sympa, tu pars demain, tu pourrais bien m'accorder cette soirée…

Il me prend par les sentiments.

Je plane complètement durant toute la soirée. J'ai oublié quelque chose… Il faut que j'appelle ma mère pour lui dire à quelle heure j'arrive. Tangage jusqu'au téléphone d'un sous-sol de café minable. Ça ne répond pas. Je commence à flipper.

Je téléphone à ma tante :

— Tes parents sont partis pour deux jours. Ils rentrent demain dans l'après-midi, ils sont à Aurillac.

Je n'ai aucun numéro de téléphone. Je ne connais que celui de ma tante par cœur. La marginale n'est pas organisée.

— Essaie de rester encore demain à Marseille. Tu peux bien rester encore une journée ?

Je ne veux pas lui dire que je n'ai plus d'argent, qu'il faut qu'on vienne me chercher à la gare, à Paris, que je n'ai pas de quoi payer mon billet de train pour Chartres. Impossible de demander de l'argent à Antony, il est toujours fauché.

Retour tangage jusqu'à la table du bistrot. J'ai horreur de demander l'aumône. Rester un jour de plus chez lui, c'est demander l'aumône de l'amour.

— Ça me pose un problème. J'avais pas prévu.

Un chien. Je suis un chien. Je m'en veux, je veux partir, ne plus le voir. Il m'insulte. J'avais pas prévu ? C'est moi qu'il n'a pas prévu ? Moi et ce qu'il m'a fait ?

Je sors du bar, direction l'arrêt du bus. J'ai chaud à la tête, froid dans le cœur. Au bout de cent mètres, il me rattrape.

— Pourquoi t'es partie ? T'es pas bien avec moi ? T'avais qu'à le dire tout de suite que tu ne voulais pas sortir boire un pot... T'es chiante ! Je te préviens, demain, tu te casses, je ne veux plus te revoir. Tu fais chier, tu me gonfles.

— Bon, c'est pas grave, je vais me démerder. Je prendrai le train demain matin comme prévu.

Il se radoucit un peu.

— Et tes vieux ? T'as arrangé le coup avec tes vieux ?

— J'attendrai à la gare. Ils doivent rentrer en début d'après-midi, je les appellerai vers 14 heures, et ils viendront me chercher. C'est pas grave, je poireauterai une heure, deux heures maximum.

Je n'ai plus envie de rester. Antony n'est pas en état de discuter. Il est plein d'alcool et de joints. Le comble, c'est que j'ai agi comme lui cet après-midi : plus rien dans la tête. J'en ai marre. Il me tape sur les nerfs. Je ne veux plus discuter.

Cette dernière soirée finit mal. Je ne sais plus ce que je fais, je dis j'importe quoi.

Je le lâche dans Marseille. Son Marseille.

Dormir. J'irai à la gare demain. Dormir. Retrouver ma tête, mon cerveau.

La porte de l'appartement claque. Il est en fureur.

— Pourquoi tu m'as lâché ? Je t'ai cherchée partout !

— Je suis fatiguée, il faut que je fasse ma valise pour demain, je pars très tôt. Tu m'excuses, mais là, je n'en peux plus, je ne demande qu'une chose : dormir.

Il met de la musique, se calme. Il fait sa bouffe, il bouffe. Je m'endors péniblement, en intruse, malade d'être malade, malheureuse d'être malheureuse.

Écœurée.

Le lendemain n'est guère brillant. Je suis en retard. Peur d'avoir loupé ce train. J'ai déjà raté le premier bus. Il faut grimper des escaliers au kilomètre, repérer le TGV dans l'immense gare Saint-Charles.

Nous nous disons au revoir sous ce panneau de bus imbécile.

— Comment je fais si je le loupe ?

— Ne t'inquiète pas, je passerai vers 17 heures à la gare, après le boulot, voir si tu y es ou pas... Si tu y es, tu rentres à l'appart et tu partiras demain.

On dirait qu'il n'y a plus de problème, ce matin. Barbara l'imprévue redevient prévisible ?

Ça n'a pas loupé, j'ai raté le train.

Je squatte un coin de la gare.

J'attends toute la journée. Le spectacle est a[...] des têtes, des valises, des regards, l'ennui. Pas m[...] quoi acheter un livre.

A 17 heures, il n'est pas là, je flippe. Je n'ai plus l[...] clefs de l'appartement. Je suis à la rue, sans une thune.

Je n'ai pas encore changé mon billet de train ; c'est un billet de TGV, il faut faire une réservation. Et je n'ai plus d'argent pour payer la seconde réservation. Je dois avoir dix balles en poche. Même pas de quoi me payer à bouffer. Dix balles et un paquet de cigarettes. Impossible d'aller aux toilettes, c'est payant — trois balles —, et je ne vais pas mettre trois balles pour les chiottes…

J'ai tout de même de la chance, ce soir-là. Un couple de jeunes qui remontent à Paris et attendent à la gare eux aussi… Une histoire de foyer de jeunesse qui ne peut plus les héberger. Ils sont là depuis une semaine, à la rue eux aussi.

Je sympathise avec Cécile. Je lui raconte mon histoire. A elle, j'ai envie de tout dire. Qu'Antony est séropositif. Que c'est mon premier amour. L'aventure de la veille avec les deux mecs, les rails de coke, etc.

Elle comprend tout. Je parle, je parle, comme j'ai rarement parlé. Comme je ne parlerais à personne que je connaisse. Je dis tout ce que je n'ai pas dit à ma mère, à mon père, à ma meilleure amie, ou à ma propre sœur. Là, dans un coin de gare.

— Ne t'inquiète pas. La came, je connais, je suis une ex-toxico. Je comprends ce que tu veux dire. Ce soir, tu ne seras pas toute seule. Mon copain va revenir. Si ton mec ne vient pas te chercher, tu restes avec nous, on va se trouver un endroit où crécher, tu ne seras pas toute seule.

J'ai trouvé quelqu'un, je me sens vraiment rassurée. Elle est petite, Cécile. Brune, les cheveux longs, les yeux un peu bridés, une peau mate. Assez forte, un peu bouboule, mais très jolie. Son copain revient, un Black ; il s'appelle Jean-Marie. Un grand type costaud, adorable. Le sourire et la main franche. Nous passons une soirée hall de gare. Elle me prête sa carte de téléphone pour appeler chez moi. Lui, de quoi payer la réservation TGV.

Barbara va rentrer à la maison. Retrouver ses marques.

...urité est à l'autre bout de ce quai désert. La famille. Mon monde à moi.

Entre 2 heures et 5 heures du matin, nous nous retrouvons à la rue. Pas de thune, pas d'endroit où dormir.

Nous tournons dans la ville jusqu'à la réouverture de la gare. Et, à 5 heures, nous nous couchons sur une serviette de toilette, par terre.

Ma première « galère ».

Vers 8 heures, je monte dans le TGV, complètement disjonctée. J'ai dormi deux heures. Deux jours que je suis mal. J'ai fumé quatre joints, la veille, pas vomi, mais mal au crâne. Malade. Rien bouffé.

Je dois leur faire peur, sur le quai de la gare de Lyon, traînant un sac trop lourd pour des bras sans forces. Père et mère, qui pensaient retrouver une fille bronzée par le soleil des vacances, dorée de son amour tout neuf.

— Mais qu'est-ce que tu as ?

— ... Rien, je suis fatiguée, c'est tout.

— Mais tu es blanche. Tu es livide. On croirait que tu sors de l'hôpital.

Dans la voiture, j'ai dormi tout le long du voyage, je n'en pouvais plus. Ils ne comprenaient pas. J'étais malade pour eux, malade pour moi.

J'ai passé la soirée à dormir. Je n'ai même pas mangé. Je ne m'en sentais pas la force.

C'était l'horreur, ce jour-là. J'ai inventé un mensonge à peu près plausible.

— Nous sommes allés voir un match de foot, nous avons fait la fête avant de partir...

Pour, finalement, avouer :

— Je me suis engueulée avec mon copain, avant de partir. Il a téléphoné ?

— Non...

Il m'a menti. Il n'est pas venu à la gare s'inquiéter de moi, il n'a même pas téléphoné. Il se fout totalement de moi. Il est sûrement pété dans un bar. C'est clair. Mais ça fait mal !

Enfermée dans ma chambre, je pleure sur mes illusions. Il ne m'aime pas, il ne m'a jamais aimée. Je ne compte même pas. Il m'a prise pour une conne pendant ces dix

jours-là. Il était bourré presque tout le temps, et c'était inte-
nable. Aucun geste tendre, pas un mot gentil. Même en
faisant l'amour. Il a plus d'amour pour une bouteille de
bière.

La haine. J'ai presque envie de le tuer.

J'écris une belle lettre pour tout lui expliquer. Les joints,
la fatigue, l'incompréhension, mon aventure à la gare.
Pourquoi n'es-tu pas venu ? Pourquoi n'as-tu pas téléphoné ?

C'est une lettre de quatre pages, sur une feuille de rentrée
des classes, recto verso, à l'encre noire. Une lettre de lendemain, lorsqu'on a les idées plus claires, ou que l'on veut
s'en persuader. Un malentendu, ce n'est pas la fin d'un
amour ? Je sais qu'il va me répondre. J'ignore quand, mais
j'en suis sûre.

Une semaine plus tard. Il n'écrit pas, il téléphone.

— Je suis désolé pour ce qui est arrivé, tu aurais dû
m'en parler, je n'aurais pas réagi comme ça. Je suis passé
à la gare vers 17 heures, je ne t'ai pas vue, j'ai fait trois
fois le tour…

J'avais dit à Cécile et à Jean-Marie : « Il est habillé
comme ça, il ressemble à ça. » J'avais une photo de lui, ils
savaient à quoi il ressemblait. Nous étions trois à le guetter.
Il ne pouvait pas passer inaperçu.

Il ment.

Mais je n'ai pas réagi. Il a l'air d'aller bien, à la voix.
Mais je ne me fais plus d'illusions. Pour moi, c'est fini.
Lui dire qu'il ment ? Ça servirait à quoi ? Autant se quitter
en bons termes plutôt que de se raccrocher au nez en colère
l'un contre l'autre.

Je l'aime encore. J'ai trop rêvé avec lui. Il n'est pas
comme tout le monde. Il a un passé, un vécu qui m'attire.
Même si tout cela me fait peur. J'espère encore. Il peut
changer. Je continue à l'aimer, tout en me disant : « C'est
fini, je ne le reverrai sûrement jamais. » Mais il faut que ce
soit de son fait, pas du mien. Je le laisse libre de venir me
rechercher. J'attends qu'il revienne.

Il a dit :

— On se reverra, tu viendras me voir pendant les vacances de Noël.

Mais c'est si loin, presque six mois d'attente.

Je délire. C'est un espoir minable d'une vie minable qui

m'attire parce que c'est avec lui. L'amour pardonne tout, explique tout.

J'ai besoin d'amour ; lui aussi.

C'est la seule explication à mon obstination suicidaire.

La mort me tente toujours, comme un galop de liberté sur un cheval fou.

BILAN

Deux mois de retard dans mes règles.

Je dois entrer en première. Passer mon bac. J'aurais dû tripler ma seconde à Chartres, tellement mes notes étaient nulles. Les parents se sont mis en quatre pour me faire admettre en classe supérieure, dans un autre lycée, à Rambouillet. J'ai envie de réussir. Ma sœur a eu son bac, ma cousine également. Il me le faudrait pour, peut-être, je ne sais pas, faire du journalisme plus tard... quelque chose de littéraire, en tout cas. L'écriture, les livres, la seule chose qui me plaise.

Jeudi, premier jour de rentrée, pas de problème. On me donne la liste des livres, la liste des profs, l'emploi du temps. C'est la journée pour rien. On se reverra lundi.

Le lendemain, vendredi, je vais voir mes copines qui entrent en terminale à Chartres. J'aurais dû rester avec elles à Chartres, si je n'avais pas gâché toute l'année scolaire 1992. Je devrais être avec elles, mais je ne leur ressemble plus.

Le lundi, je vais en cours. Je tiens le coup deux heures, puis je me barre.

Ça ne va pas. Je ne me sens pas bien. Antony me trotte dans la tête. J'ai deux mois de retard. Je flippe.

Deux mois, fin juin ; c'est au moment où je l'ai quitté pour la première fois. Je serais enceinte depuis les premiers jours ?

Je passe l'après-midi à Rambouillet. Et, en rentrant le soir à Chartres, je raconte que tout s'est bien passé au lycée.

Le lendemain matin, mes parents m'accompagnent à la gare. Le train pour Rambouillet s'arrête devant moi. Je n'y monte pas. Impossible. Je ne veux pas retourner au lycée, je n'ai plus l'âge, dans ma tête, de m'asseoir devant un professeur et d'apprendre. Apprendre quoi ? Pour faire quoi ?

Je voudrais savoir d'abord si je suis enceinte. Si je suis séropositive. Si je vais mourir. Savoir. Je suis paumée.

J'attends, j'attends que ce soit l'heure de rentrer. Toute la matinée, à la gare, j'attends de pouvoir rentrer à la maison faire semblant de déjeuner avant de repartir à la gare.

Je n'ai plus ma place nulle part. Je ne suis plus comme les autres. J'ai perdu mon enfance. Assister aux cours, jouer la lycéenne, ce serait de la comédie. Un jeu. Pas une réalité. Je n'en ai pas le courage, pas la force.

Et en même temps, je ne voudrais pas décevoir mes parents. Pourtant, une semaine avant, je voulais vraiment y aller, à ce lycée de Rambouillet. Et puis, voilà, je fais une fixation sur Antony, sur mes règles. Je prends tout à coup l'avenir en pleine figure, et il n'a rien à voir avec cette rentrée des classes.

Je ne fous rien à la maison, je ne m'occupe de rien, même pas de moi. Je ne fais même plus le ménage dans ma chambre. Je ne parle à personne, à la rigueur à quelques copines, et encore.

Je n'ai plus goût à rien. Envie de rien, ne rien faire. Rien. Si, envie d'une chose : retourner à Marseille. J'attends dans cette gare, en rêvant à une autre gare.

Au bout d'une demi-heure, ma mère arrive. Elle me regarde, s'assied à côté de moi, sans un mot. Elle attend, c'est moi qui parle :

— Mais qu'est-ce que tu fais là ?

— Et toi ? qu'est-ce que tu fais là ? Écoute, Barbara, si tu ne voulais pas aller en cours, il fallait nous le dire tout simplement. On ne t'aurait pas engueulée pour autant. Nous serions allées voir le médecin, il t'aurait fait une dispense pour huit jours et puis c'est tout.

— Mais comment tu sais que je n'ai pas pris le train, que je ne suis pas allée en cours ?

— Parce que j'ai bien vu, hier soir, que quelque chose n'allait pas, que les cours n'avaient pas marché. Tu n'en parlais presque pas ; d'habitude, tu en parles tout le temps… J'ai remarqué autre chose aussi. Tu n'as pas eu tes règles ce mois-ci.

— Comment tu le sais ?

— Je le sais. Je te connais.

Et elle est venue à la gare exprès, sûre de me trouver là. Je me mets à pleurer.

— Tu n'as rien mangé, bien sûr ?

Elle va chercher un chocolat au distributeur de la gare. Elle me ressemble. Je lui ressemble. Nous ne disons rien jusqu'à ce que ça éclate. Avec ma sœur, elle n'a pas ce genre de guerre. Soline est agréable, souriante, sans problème. Soline aime sans problème. Soline est en fac, Soline fait sa vie… Qu'est-ce que j'ai foutu de la mienne, maman ? Je mords, je pleure, j'avale.

— Je te ramène à la maison.

Elle ne m'engueule pas ; c'est nouveau. Je ne monte pas sur mes grands chevaux ; c'est nouveau aussi. Nous discutons presque calmement. Tristement.

— Je vais prendre rendez-vous chez le médecin, pour ce soir.

— Non, je n'ai pas envie d'aller le voir.

— Il faut bien que tu fasses un test de grossesse.

— Oui, mais je n'ai pas envie d'aller voir le toubib.

— Bon, on va faire un test d'urine, c'est plus rapide qu'un test sanguin. Je vais à la pharmacie.

Le lendemain soir, test négatif ; je ne suis pas enceinte. J'ai déjà eu ce genre de retard ; dès que le stress me ronge, tout se déglingue.

Soulagement. Un enfant, c'était l'horreur. Antony aurait voulu que j'avorte, évidemment. Je ne cessais d'y penser.

Je ne croyais plus vraiment à son histoire de précautions : « Pas de sperme, tu ne risques rien. » Tout ce qu'il m'avait expliqué à Marseille me revenait en tête. Je pensais au danger. Il y avait danger pour moi, et danger pour le futur bébé. Donc, c'était l'avortement à coup sûr. Mais ce qui me faisait le plus peur, c'était l'évidence de la séropositivité. Car si j'étais enceinte, pour moi, c'était définitif, j'étais également séropo. Je ne pouvais être que séropo ; il y avait eu sperme.

Cette histoire de sperme, j'y croyais dur comme fer à ce moment-là. Je ne savais rien, dramatiquement rien, de la transmission du virus.

Ma mère ne sait toujours pas qui est Antony, et ne demande rien de personnel à ce sujet.

96

— Tu es fatiguée, ton cycle est irrégulier. Ça va s'arranger.

Mon père s'est donné un mal fou pour que j'entre au lycée de Rambouillet. Il ne force rien, il suggère.

— C'est quand même dommage d'arrêter maintenant. Je te laisse le choix, mais réfléchis bien à ce que tu veux faire plus tard.

Je n'ai rien à proposer, pas envie de travailler. Je suis complètement déprimée. J'attends. Je passe mes journées à attendre à la maison. Mes parents téléphonent au lycée pour dire que je ne viendrai plus, prétextant la dépression. Et je passe la majeure partie de mon temps avec Farida, qui ne travaille pas non plus. Nous parlons beaucoup de ça, du boulot, du pas de boulot, de l'envie de rien. Pas de mes angoisses, pas du sida.

Quand nous évoquons Antony, c'est d'un chagrin d'amour que nous parlons. D'une brouille qui s'arrangera peut-être entre lui et moi. Farida y croit. Elle croit tant à l'Amour.

Je bouffe. La déprime me fait bouffer comme une vache. L'amour frustré me rend boulimique.

Et je n'ai toujours pas de règles… Cette fois, il faut accepter le médecin.

Mon père m'accompagne. Il reste dans la salle d'attente ; il a l'habitude, il sait que je ne parlerai pas devant lui.

C'est notre médecin de famille, il me connaît bien, il sait tous mes problèmes depuis l'enfance. On se tutoie.

— Tu as eu des rapports sexuels ?

Je raconte Antony, ex-toxicomane, mais sans dire qu'il est séropositif. Il s'inquiète visiblement.

— On va faire un autre test de grossesse, une prise de sang, ce sera plus sûr qu'une analyse d'urine.

— D'accord.

— Si tu veux, par précaution, je peux également demander une recherche du virus du sida.

Je ne réponds pas, je le regarde droit dans les yeux.

C'est une acceptation.

S'il pouvait lire dans mes yeux, mon Dieu, lire ce que je n'ose pas formuler : Antony est séropositif, je pense l'être aussi.

J'ai peur. Il est fort possible qu'il se doute de quelque chose, avec tout ce que je lui ai raconté sur les années de toxicomanie d'Antony. Mais si, par bonheur, je ne suis pas séropositive, je m'éviterai au moins cette honte devant lui.

Parce que j'ai honte. J'aime un garçon qui me fait honte. Mon amour me fait honte. Je me fais honte. Tout n'est que honte et humiliation depuis cette nuit de juin où j'ai tant saigné…

Il rappelle mon père :

— Vous l'emmenez au laboratoire demain, qu'on lui fasse faire ses prises de sang.

Et on part. Dans la voiture, mon père demande :

— Pourquoi des prises de sang ?

— Pour être plus sûr qu'avec le test d'urine.

Il est au courant, il en a parlé avec ma mère, mais avec moi, jamais. Il essaie de me rassurer, mais n'a jamais été très bon pour ça. Trop discret pour discuter de ce genre de choses avec sa fille. Parler de grossesse, c'est difficile pour un père. Mais il ne cherche pas à éviter le sujet, c'est déjà un bel effort de sa part.

Il m'aime, ma mère m'aime. Pourquoi est-ce que je ne peux pas accepter simplement cet amour-là ? Pourquoi chercher ailleurs, dans la difficulté, le n'importe quoi, un autre amour qui peut me tuer ?

— Le résultat du test de grossesse, vous l'aurez ce soir, il suffit de téléphoner. Par contre, pour la sérologie, il faut attendre huit jours à peu près.

J'ai mes règles avant même d'avoir téléphoné. Mystère du stress.

Huit jours de tension indescriptible. Une peur bleue, qui me réveille la nuit, me taraude le jour. J'espère que le résultat sera négatif, et je sais qu'il sera positif. Je ne me fais plus d'illusions, et je garde l'espoir. Cette dualité permanente est usante. J'en ai marre d'être un roc sur lequel l'océan jette ses vagues. Une vague d'espoir, une de désespoir, inlassablement.

C'est minant de ne rien pouvoir dire, de ravaler sa langue, sa peur, d'attendre, toujours attendre.

Qui pourrait deviner ? Ma mère ? Elle ne peut pas tout deviner de moi. Pas ça. Mon père ? Il n'y songe pas une seconde. Je vais le décevoir, je suis une honte ambulante.

Le mois d'octobre est entamé. Je reste à la maison, je bouquine, je regarde la télé, je vais voir Farida. On va l'une chez l'autre. J'ai seulement dit à Farida que mon test de grossesse était négatif. Que je suis amoureuse. Elle me demande si je vais vivre avec lui, s'il m'aime. Bien sûr, qu'il m'aime, sinon je ne serais pas allée à Marseille.

Je m'efforce d'être la plus rassurante possible concernant notre relation, à Antony et à moi. Ne pas décevoir Farida. Ne pas lui faire peur.

Pendant tout ce temps, aucune nouvelle d'Antony. Depuis son dernier appel, il s'est passé presque un mois.

Ce téléphone me colle aux mains :

— Tout compte fait, c'est plus long que prévu, on vous enverra le résultat, ce sera plus simple. Il faut bien compter encore une petite semaine.

Le médecin m'avait dit huit jours, ils rajoutent huit jours… Je suis vraiment désespérée. Est-ce qu'ils refont les tests pour vérifier ? Est-ce que c'est déjà écrit quelque part sur une fiche, dans un dossier, sous le nez d'un type en blouse blanche : *Barbara Samson, séropositive ?*

Gainsbourg chante :

Le compte avait commencé à rebours,
était-ce vertige, déveine, qui sait.
Un voyage, un seul aller au long cours
d'où l'on ne revient jamais.
Sorry Angel…

HYPNOSE

Soline, ma sœur, me l'a raconté plus tard. Ma mère ne m'en a pas parlé. Le jour où les résultats du test sont arrivés, l'enveloppe était libellée au nom de M. et Mme Samson, pas au nom de Barbara Samson. C'est ma mère qui a donc ouvert l'enveloppe la première, en rentrant de son bureau.

Elle est descendue dans la chambre de ma sœur, en pleurant.

— Soline, Soline, j'ai reçu les résultats du test de Barbara, je crois qu'elle a le sida.

Ma sœur lui a dit :

— Attends, ne t'emballe pas, montre-moi.

Soline a regardé la feuille, elle ne comprenait pas grand-chose. Il y était marqué « positif », mais que voulaient dire les signes qui accompagnaient ce « positif » ? Ma sœur pensait bien que ça signifiait que j'étais séropositive, mais elle n'a pas paniqué. Elle a d'abord voulu rassurer. Elle a dit que ce n'était peut-être pas ça et a conseillé à ma mère d'appeler le médecin.

— Ne t'inquiète pas, je ne pense pas qu'elle ait le sida, ça se verrait. Appelle le médecin, ce sera plus simple.

Elles étaient comme tout le monde et pensaient que *ça* se voyait.

Ma mère était complètement bouleversée. Je ne l'ai appris que plus tard, et j'en ai eu énormément de peine. Car ce soir-là, nous étions convoqués chez le médecin, mes parents et moi, et ma mère avait un visage impassible. Comme si elle n'était pas au courant. Elle ne voulait pas me faire peur, et essayait de se rassurer probablement. Mais elle savait. Pas moi.

Le médecin demande d'abord à me voir seule. Parents dans la salle d'attente.

Seule. L'onde de choc est encore loin mais je la sens vibrer d'avance. Comme un tremblement de terre annoncé.

Calmement, il annonce que le test est positif et que je suis donc séropositive.

Je ne pleure jamais devant les autres. Ici non plus. Pas dans ce cabinet devant quelqu'un qui me parle. Je dois encaisser, et répondre aux questions. D'abord, je ne suis pas étonnée, je m'y attendais ; ensuite, je ne veux pas montrer au médecin que je souffre ; enfin, les parents vont nous rejoindre, et il n'est pas question qu'ils me trouvent en larmes. Dans une certaine mesure, je suis responsable, j'aurais dû savoir qu'il fallait se préserver. De toute façon, il est trop tard pour pleurer sur mon sort.

— Tu t'en doutais ?

— Non.

— Combien de rapports sexuels ?

— Un.

— Vous avez pris des précautions ?

— Non.

— Il faut que tu le préviennes et qu'il fasse le test. S'il se pense séronégatif et qu'il est séropositif, puisque apparemment c'est lui qui t'a contaminée, il peut contaminer d'autres personnes. Dès ce soir, appelle-le, préviens-le.

C'est fou. Je n'ai toujours pas dit qu'Antony était séropositif. Et rien sur le reste, la suite de mes amours.

Le médecin va chercher les parents, et leur annonce la même chose, toujours calmement.

C'est la première fois que je vois mon père pleurer.

Ils pleurent tous les deux, ma mère et mon père.

Ma mère me regarde et, je ne sais pas pourquoi, j'éclate d'un rire nerveux.

— Ça te fait rire ? Tu rigoles ?

— Qu'est-ce que tu veux que je fasse d'autre ? Il vaut mieux en rire. Qu'est-ce que tu veux que je dise ?

Cette maîtrise de moi que je m'efforce toujours de conserver, quoi qu'il arrive, m'amène à un comportement stupide, je le sais. Qui a envie de rire ? Personne. Ce n'est pas un rire, d'ailleurs, c'est une défense. La seule à ma disposition à cette minute précise. Alors que le mot tourne dans ma tête comme sur un manège affolé.

Séropositive, séropositive, séropositive…

Le médecin essaie de m'expliquer comme il peut les choses les plus importantes. Les lymphocytes T4, les plaquettes… la maladie en termes très techniques. Et je ne comprends pas grand-chose.

Il fait une ordonnance pour une autre prise de sang, destinée cette fois à évaluer le taux de T4, et préciser où je me situe par rapport à la maladie.

C'est fini.

J'essaie d'envisager des solutions sans en trouver aucune et sans vraiment chercher non plus. Je ne sais pas de quoi demain sera fait, ni ce que je vais faire. Tout ce que je sais, c'est que je veux rentrer chez moi, être dans ma chambre, écouter de la musique, et écrire à Antony pour lui annoncer la nouvelle.

Le trajet jusqu'à la maison se fait dans un silence de

mort. Je suis recroquevillée sur la banquette arrière de la voiture, je regarde par la fenêtre. C'est horrible.

Quelqu'un me parle, ma mère ou mon père.

— Est-ce que tu veux qu'on le dise à Joffrey et Soline ?

— Bien sûr, il faut que tout le monde le sache dans la famille. Il ne faut rien leur cacher. De toute façon, Soline s'en doute sûrement. Ce n'est pas la peine de lui cacher quoi que ce soit. Vous lui annoncez quand vous voulez. Elle n'est pas conne, elle comprendra. Pour Joffrey, je ne sais pas. Mais je ne veux pas leur en parler moi-même. C'est votre problème, ce n'est pas le mien.

Carrément ! Je suis gonflée de le dire comme ça. C'est mon problème. Mais je n'ai pas la force de regarder ma sœur et mon petit frère, en leur disant : « Je suis séropo. Je vais crever. »

Nous n'avons jamais parlé de choses personnelles. Je sais que je parlerai de mort aussitôt, que je serai négative, et ce n'est pas la meilleure chose à faire.

Les parents, c'est mieux. Mon frère et ma sœur écouteront mieux, ils comprendront mieux. Les parents sont là pour les rassurer. Moi, je n'en suis pas capable.

J'écris donc à Antony. Je date la lettre. Je commence par son prénom, sec. Pas de salut, rien.

Je viens de faire le test de sérologie, il est positif. Toi comme moi, nous savons que c'est toi qui m'as contaminée. Nous avons déjà parlé de ce sujet, nous ne reviendrons pas là-dessus. Tout ce que j'espère c'est qu'au moins tu me donneras de tes nouvelles. Ne me laisse pas dans cette galère. Appelle-moi ou écris-moi, mais il faut qu'on parle de nous.

C'est froid, impersonnel. Je n'ai pas fait une longue lettre, juste trois ou quatre phrases sur une petite feuille à carreaux d'un bloc Rhodia, avec mon stylo à plume à encre noire.

Nul besoin de lui dire « Fais attention si tu rencontres quelqu'un d'autre »… Il devrait le savoir. Il est séropositif depuis deux ans.

Je ne me pense pas unique dans sa vie. Je ne cherche

même pas à savoir s'il a contaminé d'autres personnes, la réponse paraît évidente. Je n'ose même pas me poser en victime amoureuse. J'ai suffisamment mal.

Avouer que je suis amoureuse d'un criminel ? J'éprouve de la colère, de la rancœur, j'ai envie de le tuer. C'est un salaud, une ordure de première. Ça aussi, il est inutile de l'écrire. Je sais qu'il va donner de ses nouvelles. Bien obligé.

Je vais mettre la lettre à la poste. Marcher dans les rues de ma ville, croiser des gens. Hier je *savais* déjà, mais j'étais encore différente. Ce papier ne m'avait pas mise officiellement au banc des accusés.

« Barbara Samson, vous êtes accusée d'être séropositive. »

« Condamnée. »

Quand ? Jamais. Je refuse.

Depuis ma nuit de noces empoisonnée, il m'a condamnée à être comme lui. Qu'a-t-il à dire pour sa défense ?

Connerie ? Désinvolture criminelle ? Absence d'information ?

Les précautions qu'il a prises ensuite, du genre : « Ne crains rien, je n'éjacule pas en toi. Pas de sperme, pas de sida... », c'était encore de la connerie ?

C'en était.

Le médecin l'a dit. Il peut suffir d'un seul rapport.

Je vois du sang partout. J'ai horreur du sang. Une vierge qui saigne, c'est une belle victime ?

Je deviens folle. Je le hais. Pourquoi suis-je retournée l'aimer ? Pourquoi m'en foutre et me dire : « Maintenant, ça n'a plus d'importance, le mal est fait ? » Ignorance...

C'est le plus dur. Personne ne pourra comprendre qu'après avoir appris du médecin du centre qu'il était séropositif je l'aie rejoint quand même, aimé quand même. Pas même moi. Je ne comprends pas.

La boîte aux lettres est une drôle de blessure jaune, sale. Le petit bruit de l'enveloppe une infime souffrance.

A celui qui a écrit dans le cahier crocodile :

Je vous ai parlé du monstre
et de la princesse à l'âme de fer forgé
qui perdit sa virginité.

Peut-être l'a-t-il libérée de ses peines, de ses désespoirs.
Le crois-tu toi le monstre ?
Non !

REVOIR MARSEILLE

Antony appelle le mercredi soir. Ma lettre est partie lundi. Nous sommes dans la salle à manger, le repas est terminé, le journal télévisé défile. Aucun intérêt pour moi.

Ma mère décroche et dit :

— C'est pour toi, Barbara.

Quand la communication est pour moi, je prends l'appareil portatif et je vais dans ma chambre. Une voix de fille avec l'accent du Midi demande :

— Vous êtes Barbara ? Ne quittez pas, je vous passe quelqu'un.

D'abord, je ne comprends pas, puis j'entends un *allô* avec la voix d'Antony. Il a donc demandé à une copine de téléphoner. De peur de tomber sur mes parents.

Il est complètement défoncé. Il a du mal à articuler.

— C'est quoi, cette lettre ? Ça veut dire quoi ?

— C'est pourtant clair, je suis séropo, j'ai fait le test.

Et je lui explique l'histoire du test de grossesse et l'enchaînement des choses.

— Tu es enceinte ?

C'est ça qui a l'air de le préoccuper. Il pose la question plusieurs fois. Je dois insister pour qu'il comprenne.

— Non, je ne suis pas enceinte. Je suis séropo, mais je ne suis pas enceinte.

Enfin, il a l'air rassuré.

— J'ai reçu ta lettre ce matin. Quand je l'ai lue, je me suis effondré sur un banc, je voulais t'appeler aussitôt, mais je n'ai pas réussi, je n'ai pas eu le courage. Mais là, je t'appelle… Enfin, voilà, je m'excuse, je ne comprends pas comment ça a pu se passer.

C'est un mec totalement paumé, ce n'est pas sa faute. Il ne comprend rien. Il s'excuse dix fois par minute. Au bout de vingt minutes, j'en ai marre.

— Ça n'a pas l'air d'aller très fort. Qu'est-ce que tu fais en ce moment ?

— Ben moi, j'ai replongé.

— Pourquoi ?

Il me parle d'une copine à lui avec qui il a vécu deux ans. Il l'aimait énormément. Une toxico également. Il dit que c'est à cause de lui qu'elle a commencé à se droguer. Quand il l'a connue, au début, elle ne se droguait pas, elle venait d'un milieu « sain », bien propre, et elle est tombée amoureuse de lui. Et lui, à cette époque, se camait comme un fou ; c'était le vol, le deal. Et elle a fini par y toucher. D'abord un joint, puis la coke et enfin le fix. Elle s'est shootée et elle ne s'en est jamais sortie. Ils ont vécu deux ans ensemble. Elle a quitté Antony parce qu'il était insupportable, impossible.

— Quand tu es partie de Marseille, au mois d'août, j'ai appris huit jours après qu'elle était morte d'une overdose. Je pouvais pas le croire, j'en ai voulu à tout le monde, je me suis bagarré avec un pote à cause de ça. Je suis retourné là-dedans, je ne m'en remets pas, je ne comprends pas. Et je m'en veux. C'est moi qui l'ai tuée, c'est ma faute.

— Je comprends que tu sois malheureux, mais ce n'est pas une raison pour te camer non plus. Là, tu fais tout à l'envers. Je suis sûre qu'elle ne souhaitait pas ça non plus.

Impossible de le raisonner. Il est dans son monde, dans sa dope. Et j'ai mal encore une fois. Pour lui, c'est une sorte de banalité d'être séropo. Il vit avec sa séropositivité tous les jours et n'en parle quasiment jamais. La mienne vient après le reste. La mort par overdose de son ancienne copine, qu'il a aimée longtemps, est beaucoup plus grave. Là, il se sent responsable. Peut-être parce qu'il est devant l'évidence : la mort. Tant que l'on est debout, séropo ou drogué, peu importe, on joue sa vie sur le fil du rasoir, être ci ou ça dans ce monde pourri… quelle importance ?

Je le hais, et je l'aime encore. Si je pouvais, je prendrais le premier train pour Marseille afin de le sortir de là.

Je n'ai plus que lui. Vraiment plus que lui. Personne à qui parler, personne qui puisse me comprendre. Je n'ai que lui, parce qu'il est comme moi. Il est malade, et à nous deux on pourrait s'en sortir, arrêter les conneries et vivre heureux, un peu.

Je me fais encore des illusions, c'est complètement fou ! Mais je me sens incapable d'en aimer un autre.

Et je commence à reprendre espoir, à croire en notre histoire parce qu'en raccrochant, au bout d'une heure, il a dit :

— Je te rappelle la semaine prochaine, j'ai plein de choses à te dire, et il faut qu'on discute.

Qu'il ne comprenne pas que son comportement a été criminel, c'est complètement aberrant, mais je sens qu'il est malheureux, au fond. Tout ça est un horrible gâchis, et je peux peut-être l'aider encore. Sinon, que faire de ma vie ? Retourner dans les salles de classe ? Aller danser avec les copains ? Flirter ? Me laisser approcher par des garçons inconnus, puis leur dire : « Touche pas, embrasse pas, je suis séropo » ?

Il faut comprendre tout de lui depuis le début. Essayer de vivre avec lui. Que l'amour revienne, qu'une nouvelle histoire commence, et que ce soit beau, cette fois, quelque chose d'unique, un truc formidable.

Je suis sûrement naïve. Mais j'ai tellement cru en lui, je l'ai tellement aimé. Et puis, je me sens coupable aussi, au fond. De cette naïveté-là justement. Je lui ai même dit pour le consoler :

— Ce n'est pas que ta faute, c'est aussi la mienne.

J'ai pris sa défense. Je m'enfonce totalement. Je me ridiculise devant lui. Et je ne m'en rends même pas compte.

Pour lui, c'est beaucoup plus simple, il peut se dire : « Après tout, elle m'a fait du gringue, elle m'a allumé. Elle n'avait qu'à dire non, puisqu'elle était vierge. » Les mecs sont comme ça. Un regard, un simple regard échangé, lui au balcon, moi sous les tilleuls, et c'est moi l'allumeuse. J'ai dit non le premier jour, je n'avais qu'à dire non le deuxième… Et puis je l'ai suivi dans ses galères. Je l'ai laissé fumer ses joints devant moi, rire des préservatifs… Je l'ai admis tel qu'il était.

J'ai ignoré le danger. Ignoré est le mot. Ignorance.

Pécher par ignorance, c'est pécher quand même.

Barbara est une pécheresse.

Une coupable, une recluse. J'ai peur, énormément.

Je porte un poison.

Mon frère rentre de l'école, en faisant la grimace. Une petite mimique douloureuse.

106

— Qu'est-ce qui ne va pas, Joffrey ? T'as mal quelque part ?

— Oui, j'ai mal au bras. J'en ai marre, c'est chiant ces trucs.

— Quoi ? Qu'est-ce qui est chiant ?

— Ben, les prises de sang.

— Pourquoi une prise de sang ?

— Ben, ce matin, avec papa et maman, on a été faire une prise de sang. Avant d'aller à l'école. Soline, elle la fera plus tard ; à cause de la fac elle a pas pu venir de Tours.

— Pourquoi vous avez fait une prise de sang ?

— Je sais pas, c'est le docteur qui a demandé, alors on a tous fait une prise de sang.

Tests de dépistage.

Ça me fait mal sur le coup. On ne me l'a pas dit, ni le médecin, ni les parents, peut-être pour ne pas me blesser. Mais je me sens mal. Directement responsable.

C'est leur santé qui est en jeu, et si elle est réellement en jeu, s'il y a un risque, c'est ma faute. J'aurais voulu que ma mère ou ma sœur m'en parle.

J'attends les résultats, comme eux. Je lave mon linge et ma vaisselle à part, je planque ma brosse à dents, tout ce qui a été en contact avec ma salive. Je suis braquée sur les objets dont tout le monde se sert, les ustensiles impersonnels, qui servent à tout le monde. On n'a pas sa propre assiette, son propre verre, son couteau, sa fourchette...

Depuis une semaine, je reste dans ma chambre et en sors peu. Je mange toujours mal. Même réflexe qu'avant : « C'est pas bon, j'en veux pas, je mange pas, je retourne à ma chambre. » Et vers 13 h 30, une fois seule, j'ai faim, c'est indiscutable. Alors, je sors une assiette, je fais ma propre cuisine, et je mange toute seule. A la fin du repas, je lave ma vaisselle. Ni vu ni connu. Pour mes parents, je n'ai pas mangé. C'est la première fois que je pense à faire ça... Pour des raisons différentes de celles de l'enfance.

Je me pose des questions sur cette maladie. Le médecin ne m'a pas donné de détails. Le risque du sang, c'est évident, mais la salive ? Et si, par exemple, je me plante une fourchette dans le palais ou dans la joue ? Je regarde les autres manger, je nous regarde tous, à table, en cherchant où est le risque. La seule manière de vraiment désinfecter les choses, c'est l'eau de Javel, en particulier pour le linge. Mais dans le lave-vaisselle, on ne met pas d'eau de Javel.

Un jour, l'idée m'est venue pendant que je mangeais. « Quand j'aurai fini, je vais laver mon assiette et mes couverts. » Si je ne suis pas seule aux repas, le soir, par exemple, je débarrasse mon assiette, mes couverts. Je ne laisse plus ma mère empiler assiette sur assiette et tout transporter à la cuisine. Ils ne disent rien, ils me regardent faire. Peut-être se demandent-ils ce qui se passe.

Ma mère a fini par me dire :

— Pourquoi tu laves tes sous-vêtements à part ?

— Maman !... je suis indisposée.

— Et alors ? Le virus est détruit à 60° dans la machine, ça ne risque rien. Sinon, nous t'en aurions parlé dès le début. Si on ne l'a pas fait, c'est qu'il n'y a pas de risque, tu comprends ?

Et parlant de ma petite culotte, elle veut me parler aussi de la vaisselle, de ma brosse à dents planquée dans ma chambre, avec mes autres produits de toilette, de ma serviette de toilette, de mon gant de toilette. J'ai même peur du savon. Le mien est dans une petite boîte à part.

Un jour, comme à mon habitude, je laisse des restes de gâteau dans mon assiette. Et ma sœur le finit.

— Arrête, Soline ! Tu ne peux pas !

— Pourquoi ?

— Ben quoi, je suis séropo, tu ne peux pas manger derrière moi, on ne sait jamais.

— Arrête tes conneries, Barbara. T'as pas le sida, tu vas pas nous faire chier avec ça, je vais le bouffer, ton gâteau, je ne risque rien.

Ma propre sœur est plus au courant que moi. Il faut que ce soit elle qui me remette à ma place. Ou ma mère en m'empêchant de faire ma lessive toute seule dans mon coin et en fourrant mes vêtements avec les autres dans la machine à laver.

Le résultat du test familial est arrivé dix jours après. Négatif, bien sûr ; ce n'était qu'une précaution du médecin. Mais mon sentiment de culpabilité ne me lâche pas facilement. C'est moi qui porte le poison. Moi qui dois préserver les autres.

J'ai besoin d'apprendre à vivre avec ça.

Et je n'ose pas encore. Je refuse de voir, de lire ou d'entendre tout ce qui concerne le sida. Et ce n'est pas facile. Je m'en rends compte à présent : tout le monde en parle. La télévision, les magazines, les radios, les livres…

Avant, je n'entendais rien. Je lisais des poèmes, j'en écrivais, je rêvais au prince charmant sur son cheval.

Maintenant, l'horreur résonne à mes oreilles presque chaque jour. Interdit de ne pas y penser. Interdit d'oublier.

Je voudrais tout savoir sur le sida, et en même temps rien du tout.

Rappelle-toi Barbara… Il faisait si beau ce jour-là.

— Barbara, j'ai une mauvaise nouvelle, je suis à l'hôpital. J'ai fait une overdose il y a trois jours. Je ne sais plus quoi faire, je n'arrive pas à m'en sortir, je ne peux pas non plus rester à l'hôpital. En plus, je suis en manque, ce sont tous des salauds avec moi à l'hosto…

Qu'est-ce que je peux faire ? Le téléphone sonne tous les jours, et il se plaint d'être maltraité, d'être en manque.

Un matin, vers 10 heures :

— Je te rappelle vers 14 heures, là, je vais faire un tour, je vais au café du coin, je vais essayer de me trouver du shit.

— Bon, eh bien vas-y.

Que dire d'autre ? L'empêcher, de loin, de trouver un soulagement à son angoisse ? Qui suis-je, moi, pour lui donner un ordre ?

Il ne rappelle pas de la journée. J'imagine les rues de Marseille, les dealers, ce qu'il cherche, ce qu'on lui a peut-être donné avec une seringue. Je ne veux pas qu'il meure.

Le lendemain soir, vers 18 heures :

— Ils m'ont viré de l'hosto, les salauds, parce qu'hier j'ai été au café me chercher du shit. J'ai trouvé un copain qui m'a filé de la coke, je m'en suis foutu plein le nez, j'ai été malade. A l'hosto, ils en ont marre de mes conneries, ils me virent. Je ne sais pas où aller, je ne sais pas ce que je vais faire. Il faut qu'on me soigne, ils ne veulent plus…

Il n'en peut plus, il craque complètement. Je comprends aussi l'hôpital : il n'est presque jamais là. Et puis, je l'imagine en face des médecins ; il doit être infernal. S'il sort d'une overdose et que trois jours après il y retourne, qu'est-ce qu'on peut faire ? Rien.

— Tu m'appelles quand ça ne va pas. Si je peux t'aider, je t'aide, mais je ne peux rien faire, je suis loin.

— Pendant les fêtes de Noël, si tu venais ce serait bien.

J'y suis allée. Il m'attendait sur le quai de la gare. Il n'avait pas vraiment changé. Ses cheveux avaient un peu repoussé. Il avait maigri.

Moi qui pensais commencer l'année autrement, ce fut carrément l'horreur. C'était un mois avant mes dix-huit ans. Je m'étais dit : « Je vais être majeure ; si je veux vivre avec lui, je pourrai. » J'attendais qu'il fasse un signe. Mais il ne l'a jamais fait.

Le premier jour, on a parlé de banalités, regardé la télé. Il ne travaillait plus, il cherchait du boulot sans vraiment en chercher. On essayait d'être ensemble, mais il ne se passait pas grand-chose. Il partait souvent traîner à Marseille, en me laissant seule pendant des heures, et je faisais les boutiques, en essayant de me distraire. Il n'y avait rien entre nous, c'était encore plus plat qu'avant. On n'a même pas parlé de la séropositivité. Je lui avais apporté mes tests avec les résultats, il les a regardés :

— Ça va, tu as des bons T4. T'es pas malade, c'est bien.

C'est tout. Rien d'autre. En ce qui le concerne, il était incapable de dire où il en était.

— Ça va, c'est comme d'habitude.

Je ne savais pas ce qu'était le « comme d'habitude ».

Un jour, j'ai fouillé dans ses papiers pour en savoir plus ; ça ne se fait pas, mais j'en avais marre. Je n'ai trouvé aucun bulletin de santé ni résultat d'analyses. J'ai fini par me poser la question de savoir s'il se faisait suivre ou pas. J'ai essayé de lui en parler, sous prétexte de comparer ses résultats avec les miens.

— Non, non, ce n'est pas la peine de comparer. T'as plus de T4 que moi, c'est tout ce que je peux te dire. Moi, je sais où j'en suis, les papiers, on s'en fout.

Aucun signe apparent de maladie. Même après cette overdose. Il avait l'air heureux, content. Non, pas heureux, serein plutôt. Je ne voyais pas pourquoi. Sa vie n'était pas meilleure pour autant. Il ne bossait pas, il continuait à se camer, il n'avait toujours pas de thunes. C'était bizarre d'être serein.

Un jour, il a voulu acheter du shit. Je l'ai attendu dans un coin, je ne voulais pas être là quand il discutait des prix. Je ne supportais pas. C'était un quartier malfamé. Un mec est passé et s'est mis à me draguer. Je l'ai laissé dire, sans le regarder, j'attendais qu'il comprenne et s'en aille. Soudain, Antony est arrivé en courant, et a cogné sur le type, qui a filé. C'était si rapide que j'ai mis quelques secondes à réaliser.

— Qu'est-ce qu'il te voulait ? Qu'est-ce qu'il t'a dit ?

— Rien, ce n'était pas méchant, il a essayé de me brancher, c'est tout. On ne va pas en faire un drame. Il ne m'a pas fait de mal.

— Je vais le planter, moi, ce mec. Il n'a pas à te parler, ni à te toucher. T'es à moi, à personne d'autre.

Il frimait beaucoup en paroles, mais là, il commençait à sortir un couteau. Je ne sais pas s'il aurait eu le cran de le faire, mais il était soudain devenu fou parce que ce type me regardait et qu'il me parlait. Je ne pouvais prendre cela pour de l'amour.

Une autre fois, il a mis l'appartement sens dessus dessous.

— Je cherche mon fric. J'ai été prendre six cents balles au distributeur, je les ai paumés. Je les cherche.

— Tu es sûr que tu les avais en rentrant à l'appartement ?

— Oui, je pense. J'ai été au distributeur, j'ai tiré six cents balles, j'ai pris le bus et je suis monté à l'appart.

— Tu les as peut-être paumés dans le bus.

— Oui, mais c'est pas possible ! Tu te rends compte ? C'est tout ce qui me restait pour finir le mois. Comment je vais faire, maintenant ?

Et il s'est mis à chialer, à craquer. Il a pété des trucs dans l'appart. Je ne savais pas comment faire pour le calmer. Je lui ai dit :

— J'ai un petit peu d'argent, je peux t'aider en attendant. Tu vas les retrouver. Va demander à ton père ou à ton frère qu'ils te dépannent.

— Non, non, tu vas partir, je ne veux pas que tu vives dans la misère comme ça. J'en peux plus, j'en ai marre, je craque, tout le monde m'en veut, personne ne m'aime…

Je ne sais même pas si c'était vrai, cette histoire de six cents balles. Une phobie ou un délire de sa part ? Je lui ai prêté de l'argent.

Il devenait de plus en plus fou si un médecin refusait de

lui prescrire le médoc qu'il demandait. Comme il trafiquait ses ordonnances, le pharmacien s'en apercevait, et refusait, évidemment, de lui donner les médicaments. Il était prêt à tout casser, à tout foutre en l'air.

L'Antony du début n'était pas celui-là. Je me souviens du jour où il a été renvoyé du centre. J'ignorais alors qu'il était séropositif. Je le revois devant la directrice, essayant tout pour qu'on le garde, jouant tous les scénarios sur un ton geignard, jamais agressif. Il savait bien que s'il devenait agressif, c'était paumé d'avance.

— Vous comprenez, madame, je suis malade, je sors de six mois d'hôpital, je suis fatigué, il faut que je me repose. Dehors, ça va être la jungle, l'horreur. Vous n'avez pas le droit de me virer comme ça. Ce n'est pas « éthique » de votre part. Vous n'avez aucune sensibilité.

Je comprends maintenant qu'il était là encore, spontanément, le drogué menteur et geignard. L'habitude de parlementer, de quémander…

Je comprends pourquoi il peut dire : « Je suis désolé de ce qui t'arrive, de ce qui nous arrive » plutôt que « Pardonne-moi ». Il n'a jamais été responsable, il n'a jamais dit que c'était sa faute. Un drogué ne peut pas penser qu'il est un être responsable.

La pitié est venue. Remplaçant l'amour.

Remplaçant la haine aussi. Quelque temps.

Et puis un jour, alors qu'il triait des papiers, une photo est tombée. Il était avec une fille sur une moto.

— Elle est jolie, non ?

— Oui, elle est jolie.

Ça m'a fait mal. Il était fier de cette photo, il l'a accrochée au mur. Je n'ai pas vraiment compris pourquoi. Je lui avais donné plein de photos de moi et il n'en avait accroché aucune.

— C'est qui ?

— Une nana que j'ai connue il y a un mois à peu près. Elle est chiante, elle a plein de fric, mais dès que tu lui demandes dix balles, c'est la croix et la bannière pour les avoir, elle ne veut jamais m'en prêter.

— Mais elle ne veut peut-être pas t'en prêter pour faire des conneries, je la comprends.

— Je vois pas pourquoi ça la gêne. Quand on est tous

les deux, elle est bien contente de m'avoir, alors je vois pas pourquoi elle me fait chier pour une histoire de dix balles !

Chez lui, dix balles, ça voulait certainement dire cinq cents francs. Et il en voulait à cette fille parce qu'elle avait de la thune et ne lui donnait pas ce qu'il voulait.

Ils ont couché ensemble. Et sûrement sans préservatif. Il ne m'a même pas dit son prénom, rien. C'était juste une nana avec du fric et qui ne voulait pas lui en donner, c'est tout.

— Fais attention, Antony…

— Je sais ce que je fais.

Que répondre à ça ?

Si je la rencontre un jour, cette fille sur la moto, elle ou une autre, j'irai la voir et je lui dirai, méchamment s'il le faut :

— Attention, il est sérop, et moi aussi.

C'est trop dégueulasse, ce qu'il m'a fait, pour que je le souhaite à quiconque. Même à la dernière des garces.

Le mépris s'est installé insidieusement. Mais pas assez.

Un matin, il est parti très tôt.

— Ne t'inquiète pas, je vais rentrer tard ce soir. J'ai des trucs à faire.

Je l'ai attendu jusque très tard, il n'est pas rentré. J'étais seule, je flippais. A Marseille, dans certains quartiers mal fréquentés, ça bouge beaucoup la nuit ; les jeunes sortent. Dehors, c'était le bordel. Des types cognaient à toutes les portes pour rien, histoire de faire chier.

J'ai eu vraiment peur. Peur pour lui. Il est rentré le lendemain vers 14 heures, mauvais, hyper furieux.

— Je me suis fait gauler par les flics.

— Pourquoi ?

— J'ai été à l'ANPE, il y a un mec qui m'a envoyé chier, je me suis bagarré avec lui, ils ont appelé les flics, ils m'ont coffré, j'ai passé la nuit au trou.

Il m'a montré ses poignets avec une légère trace de menottes.

— C'est des enfoirés ! Comment je vais faire ? Ils veulent plus me donner de fric, ils veulent me radier de l'ANPE. C'est pas juste, des trucs comme ça, pour des histoires de papiers.

Il voulait retourner à l'ANPE chercher des crosses au mec qui avait appelé les flics. Je l'ai calmé.

113

Deux jours après, il a dit qu'il avait trouvé du boulot. Le soir, il est rentré tout guilleret, il avait un job. Peintre en lettres, je crois. Un travail à mi-temps, au début. Il était content. C'était près de Marseille.

Au bout d'une quinzaine de jours je suis repartie pour Chartres. Sur le quai de la gare, je lui ai dit :

— Dans quinze jours, j'ai dix-huit ans, c'est génial, je serai majeure.

— Ah oui ? c'est bien, j'essaierai de ne pas oublier ton anniversaire et de t'envoyer une carte postale.

Je suis repartie comme ça. C'était un séjour sans joie, sans vraie peine. Une forme d'hypnose.

Amour, haine, pitié, mépris… je ne savais plus lequel de ces sentiments allait prendre le dessus. Période bizarre, où j'avais l'impression d'être seule au monde avec lui et avec la famille que j'allais retrouver ; l'impression que plus rien n'avait réellement d'importance. Une mécanique me tenait debout. Me faisait répondre aux questions, m'empêchait de poser les bonnes.

M'empêchait de fuir et d'avancer.

Fuir où ? Aller où ?

CINÉMAS

J'y vais toute seule. Puisque tout le monde dit : « Collard, c'est génial. » Collard à la télévision, dans les magazines, Collard partout. Le sida devient star. Collard est beau, mais je ne connais rien de lui.

Un après-midi, je vais voir *Les Nuits fauves*. Seule, et sans le dire à personne. Je n'ai pas encore passé cette période noire durant laquelle je refuse de parler du sida. Refus que ma famille comprend et pratique elle aussi. Le silence et l'acceptation de mes parents vont jusqu'à ne rien demander sur cet Antony qui a pourri la vie de leur fille. Joffrey, lui, ne peut pas très bien comprendre encore, il est trop jeune. Mais Soline. Que pense-t-elle de moi ? De moi sida ?

Collard est un mythe créé par les médias. Celui dont on

dit qu'il est le premier à parler du sida et des jeunes, sans faux-fuyants ni retenue.

C'est un choc. Je ne comprends pas.

D'abord, ce personnage, sur les quais de la Seine, en train de pisser dans la bouche d'autres mecs, c'est dégoûtant. Les gens applaudissent ça ?

On dit qu'il est formidable, merveilleux, porte-parole d'une génération, et il se montre en train de prendre un rail de coke ? Si c'est ça le mec culte, ça ne va pas loin.

Il filme ses fantasmes, peu de personnes le font, et c'est son droit. Mais la soirée partouze sadomaso, c'est trop. Fantasme ou pas fantasme, je suis mal à l'aise, je me demande où je suis, ce qui se passe. C'est loin d'être mon monde. Loin d'être ma sérapo à moi.

Reste l'histoire principale des *Nuits fauves,* l'amour entre Laura et Jean. L'amour entre Barbara et Antony.

Elle a dix-sept ans, elle est amoureuse. Il est sérapo, il le sait, et il ne le lui dit pas tout de suite. Ça me ressemble énormément. Et si je pleure, c'est par réminiscence. Parce que je revois trop les moments clés de ma courte vie.

Ma nuit fauve était rouge. Et allons-y dans les couleurs. J'étais blanche. Vierge. Ces fauves-là ne sont pas de la même planète que la gamine de Chartres levant les yeux sur un sombre séducteur à son balcon.

Et Laura qui fond en larmes, qui ne comprend plus rien, qui fait une dépression, et l'autre qui n'est pas là, qui couche ailleurs, qui l'engueule. J'ai mal en regardant ce film.

Ils vont finir par faire l'amour et elle refuse les préservatifs. Et puis il avoue qu'il est séropositif. Parce qu'il se sent coupable, et se rend compte qu'il l'aime. Pour se faire pardonner ?

Elle le prend mal, au début, puis estompe cette peur. Ils refont l'amour, il veut utiliser des préservatifs et elle dit une phrase du style : « Non, je ne veux pas de plastique, on se fout de ce qui peut se passer. »

Elle accepte le risque d'être séropositive elle-même pour rester avec lui.

Je comprends. C'est du désespoir, une énorme preuve d'amour. Mais de l'amour à mort. C'est aimer pour mourir.

C'est morbide. Et pourtant j'ai fait la même chose. Presque. A une terrible différence près : moi, je ne savais pas.

Si Antony m'avait parlé, avant, j'aurais eu peur, mais les

préservatifs existent ! Je pense que je les aurais achetés. Je l'aurais sûrement fait. Je n'aurais pas agi comme le personnage de Laura, même amoureuse. Au contraire, ma preuve d'amour aurait été de rester avec lui malgré sa séropositivité, avec les préservatifs. C'est cela que je considère comme une belle preuve d'amour, parce que je ne l'aurais pas rejeté.

L'exemple des *Nuits fauves* me paraît dangereux. Il y a trop de désespérance dans ce film. C'est un cri de désespoir, un appel au secours qu'il nous lance, aussi, parce que le personnage est mal dans sa tête, et qu'il n'a pas compris ce qui lui arrive. Il a besoin de partager cette souffrance. Moi aussi, je suis mal dans ma tête, si mal. Personne d'autre à aimer qu'Antony. Mon bourreau. Semblable à lui, à la vie à la mort. La victime ne peut aimer que son bourreau.

Si j'avais vu le film avant, peut être que… Mais non. Non. Le pouvoir appartient à celui qui sait. L'autre subit. Et je ne savais rien de rien. Cette nuit où il a demandé : « Pourquoi ? T'es séropo ? », j'ai pris la question comme une insulte. Sans vraiment définir la qualité de l'insulte. Était-ce une forme de décontraction souveraine devant les choses de l'amour ? Le type qui connaît tout, est revenu de tout, et n'a pas peur de parler crûment ? Était-ce une plaisanterie gratuite ou une insulte personnelle ? Un soupçon sur ma vie sexuelle ? Mais je n'avais pas de vie sexuelle. Jamais vu de préservatif de ma vie. Jamais vu un homme nu.

Je peux comprendre que des jeunes se soient sentis proches de Collard. Ils ont dû se dire : « Nous, on connaît ça, on a ce mal de vivre. Comme Laura, le préservatif, le sida, on connaît mal, on ne sait pas, on veut savoir. » C'est peut-être pour ça qu'ils ont crié au génie. Et c'est aussi le premier film vrai sur la maladie, sans tabou, où tout est dit, même ces histoires de coke, de sadomaso, d'homosexualité, d'ambivalence. Pour certains jeunes cela représente peut-être des fantasmes inassouvis. Collard les dit, les montre, il se fout de l'opinion des autres ; c'est sûrement pour ça que le personnage de ce film a eu tant de succès.

Mais je ne vois pas en quoi il est un héros. Plutôt un antihéros. Il est lâche et faible, face à Laura, face aux autres, face à son sida.

Et puis, être séropositif, ça fascine. C'est fascinant pour

les autres de rencontrer un mec séropositif, en phase sida, qui en parle avec cette sensibilité, cette justesse. Hervé Guibert a fait des livres magnifiques sur le sujet. Mais on ne l'a pas pour autant élevé au titre de porte-parole d'une génération. Il était trop prudent, trop grave, trop conscient.

Les jeunes en ont marre qu'on leur dise « Faites ceci, faites cela ». Ils sont persécutés de tous les côtés, ils ont tous les problèmes sur le dos. Pour certains, la vie est foutue d'avance, ils ignorent ce qu'ils feront demain, ils n'ont pas d'avenir. C'est hyper dur d'envisager un avenir. Moi, je ne savais pas quoi faire. Et les parents n'arrangeaient rien. Les parents… Leur façon de nous protéger, de nous dire qu'ils nous aiment est maladroite.

C'était mon cas. Avant. J'aurais peut-être crié au génie *avant*. J'en doute, mais je ne peux pas le jurer. Par contre, *après,* je sais de quoi je parle, et ce que je pense.

Lâcheté du criminel qui porte en lui la mort et a le pouvoir de la donner en silence, mystérieusement, en se cachant derrière les émotions de l'amour, de la séduction, en s'entourant de l'aura du poète incompris et solitaire. Et, au bout du compte, une fille comme moi, porteuse du plus grand malheur possible, comme dit Céline, le génie noir : « C'est peut-être cela que l'on cherche, rien que cela, le plus grand malheur possible, pour devenir soi-même avant de mourir. »

Je ne sais pas pourquoi on crie au génie fauve. J'en pleure, seule dans le noir. Je sors du cinéma les yeux gonflés, ébranlée, détruite.

Tout cela manque de mesure. Les médias exagèrent ; fascinés par cette saloperie de maladie, ils en font un show.

Je sors de là complètement bouleversée. Cette fille s'en est tirée sur la pellicule, fin de l'histoire et applaudissements.

Pas moi.

Elle s'en tire pour la beauté du film. Marquée à vie, blessure d'amour, d'accord, mais pas condamnée.

Moi si.

Collard a choisi qu'elle s'en tire pour exorciser la culpabilité qu'il traîne avec lui. Il n'est pas un héros, mais il n'est plus un salaud. Pardonné le salaud.

Antony salaud. Il a sûrement honte de sa séropositivité, il évite toujours le sujet. D'abord, parce qu'il ne comprend pas. Il prétend avoir « chopé » ça avec une fille. Il oublie les seringues. Et maintenant ? Pourquoi n'utilise-t-il pas de préservatifs ? Pour jouer au héros destructeur lui aussi ? Quelle fille, en ce moment, vit dans ses bras une minute mortelle ? Sous quelle forme d'égoïsme monstrueux se cachent les hommes ?

Antony a eu trente ans, il est déprimé d'avoir trente ans. « Je flippe... j'ai trente balais... »

Un homme.

Collard, ce génie des médias, est de la même génération. Ils ont tous deux vécu sans courage, sans respect, ne pensant qu'à leur liberté, leur plaisir, leur désir. C'est plus de la veulerie qu'autre chose.

Je les plains. Sur pellicule et dans la vie. Je suis devenue comme eux. C'est le seul point commun entre nous.

Avec, il faut que je sois honnête, ce terrible besoin d'amour. Si avide, qu'il en arrive à vous faire faire des conneries. La connerie de cette fin de siècle.

Février 93. Mes dix-huit ans. Je recommence à être un peu mieux dans ma tête. Je m'inscris à l'ANPE, j'essaie de trouver un peu de boulot. Rien. Je fais un peu de baby-sitting chez les amis, les voisins. Mais ce n'est jamais très long. Un après-midi par-ci, une soirée par-là.

Ma famille la plus proche est au courant. Personne d'autre dans mon entourage. Je me cache. J'en ai conscience.

J'ai envie de le dire à mes copines, mais je ne sais pas comment. Raconter Antony, mes escapades à Marseille, la drogue, ça, j'ai pu le faire. Pas le reste. Pas la maladie. Elles trouvent mon aventure complètement folle et se demandent comment je peux aimer un mec comme ça. Elles me connaissent bien, et c'est incompréhensible pour elles, cette histoire. Mais ça me fait du bien de leur en parler. A la maison, je tais tout cela.

Ma vie est en casiers. Le casier famille, avec Antony séropo ; sans autres explications. Le casier copines, avec Antony drogué, galère, zonard ; rien d'autre. Le casier amie d'enfance pour Farida, avec Antony flou, si flou qu'il n'est ni drogué, ni séropo, qu'il n'est rien d'autre qu'un amour en surimpression, une image de feuilleton télé. Et le casier moi, où tout se mélange et se sépare, selon les gens auxquels je parle.

Les copines vont passer leur bac et moi c'est la galère, la déprime. Elles, je ne peux pas vraiment les décevoir. Et Farida a souvent pris exemple sur moi, elle a toujours énormément confiance en moi. Elle ne trouve pas forcément que ce que je fais est bien, mais elle aimerait être comme moi. Elle pense que je suis quelqu'un qui croit en plein de choses, que je plais aux garçons. Elle aimerait bien avoir un bout de ma personnalité. Si je lui dis la vérité, c'est son rêve qui s'effondre. Je ne veux pas la décevoir avec mes cauchemars. Je la sens fragile, j'ai peur de lui foutre le moral en l'air.

Dans la rue, j'ai l'impression d'avoir une étiquette « séropositive » sur le front. Je n'assume pas. C'est la pire des choses. La pire des pires choses au monde.

— Barbara, c'est pour toi...

Le téléphone dans ma chambre, la porte fermée. C'est lui.

— J'aimerais bien que tu viennes me voir.

Je suis libre, j'ai tout mon temps. S'il le demande, c'est qu'il a besoin de moi. Je crois connaître et reconnaître les moments de déprime où l'on a besoin de parler à quelqu'un qui comprend à demi-mot. Moi aussi, je me sens seule avec cette maladie invisible. Seule à en mourir.

— Je demande à mes parents et je te rappelle.

Ma mère fait la tête. Pas tellement d'accord.

— Qu'est-ce que tu vas faire là-bas, Barbara ? Il ne t'a pas fait assez de mal ?

— Écoute, maman, je me sens bien avec lui, ça va me faire du bien. S'il te plaît, dis-moi oui.

— Si je dis non, tu vas quand même partir ?

— Oui. C'est pour ça que je préfère partir avec ton accord.

— Je préfère aussi, plutôt que de te voir faire une fugue.

Nos rapports sont toujours étrangement ambigus. Je ne lui ai jamais parlé d'Antony. La seule chose qu'elle sait, c'est que nous sommes séropositifs tous les deux, et que c'est lui qui m'a contaminée. Elle a bien essayé d'en apprendre un peu plus, mais je n'ai jamais répondu aux questions du genre : « Qu'est-ce qu'il fait dans la vie ? Quel âge a-t-il ? Où habite-t-il ? » Je réponds toujours : « Je n'ai pas envie de t'en parler maintenant. Tout ce que je peux dire, c'est de ne pas t'inquiéter. Je me débrouille, je ne suis pas en danger avec lui. On s'en tire. »

Mais je ne savais pas qu'elle était aussi inquiète. Je croyais avoir caché suffisamment de choses pour la rassurer. On ne peut pas rassurer une mère en se taisant et en cachant. Je m'en rends compte maintenant.

Je me rends compte aussi d'une chose essentielle : parler est important. Il ne faut pas attendre que sa fille ait dix-sept ou dix-huit ans pour discuter des rapports sexuels, des garçons, de tout ce qu'elle a envie de savoir sans oser le demander.

Toujours le même scénario : mes parents m'amènent à la gare, lui m'attend à Marseille, à Saint-Charles. Sur un quai, je sais que l'on m'aime, que je suis en sécurité. Sur l'autre, qui sait ?

Il n'a pas changé, toujours aussi maigre, les traits un peu fatigués. Je ne sais pas pourquoi, ce jour-là, sur le quai de la gare, il est joyeux. Nous nous sommes presque tout dit par téléphone, et il veut tout savoir quand même. Je n'ai pas grand-chose à lui raconter, la routine.

L'important, ce qui me tourmente, les vraies questions seraient : « Pourquoi je suis là, avec toi ? Pourquoi l'as-tu demandé ? Que veux-tu faire de nous ? Où en es-tu de la maladie ? » J'ai peur, je n'ose pas.

Il m'embrasse sur la bouche, prend mon sac. Nous gagnons l'arrêt du bus jusqu'à l'appartement, avec toujours ce même dialogue, qui ne dit rien. « Alors ? Raconte. — Rien, pas grand-chose, et toi, Antony ? — Un peu galère mais ça va. »

A nouveau, il ne travaille plus. Il en a eu marre, ça ne lui plaisait plus. Il touche les Assedic. Il habite toujours au même endroit. Je trouve un peu de changement ; davantage de meubles ; c'est mieux décoré, beaucoup plus sympathique.

C'est dimanche, il fait beau.

Comme un vrai petit couple, balade en ville, la main

dans la main. C'est la première fois qu'il a cette attitude décontractée, amoureuse au regard des autres, des passants.

Il rit, m'offre un bijou, un énorme pendentif en forme de croix. Il a remarqué que j'aime ce genre de choses. J'en porte souvent. J'ai aimé celui-là en passant devant une vitrine et il me l'a offert. Bonheur.

Un petit bistrot, un thé à la menthe bien sucré sur la table.

Lundi. C'est fini. Un mec entre dans le café, Antony le voit, se lève. Le mec fonce et lui fout son poing dans la gueule. La bagarre commence. Antony saigne du nez, une horreur. Les clients sortent précipitamment ; les tables, les chaises volent.

Dehors, j'aperçois une fille qui attend, une inconnue, qui crie soudain :

— Fais attention, il saigne ! N'oublie pas qu'il est malade !

Je la regarde, stupéfaite, en me demandant comment elle peut savoir ça. J'essaie de lui parler

— C'est ton mec ? Mais qu'est-ce qui se passe ? Pourquoi est-ce qu'il fait ça ? C'est quoi, cette histoire ?

— C'est un enfoiré, ce type, un salaud ! Il avait qu'à pas coucher avec elle…

— Explique-moi, je ne comprends rien.

— Je vais prévenir les flics.

Et elle part sans rien expliquer. Avant que les flics n'arrivent la bagarre s'arrête. L'agresseur disparaît, et je vais chercher Antony, affolée :

— Viens, il faut qu'on se tire, elle a appelé les flics.

Il a du sang partout sur son tee-shirt. Nous filons comme des voleurs.

— Antony, explique-moi ! Je n'y comprends rien.

— Y'a rien à comprendre, c'est encore une histoire de cul. J'en ai marre, tous des cons. Il faut que j'appelle un copain, je vais récupérer mon « gun ». Je sais où il habite, ce mec, je vais le plomber. C'est un enfoiré. Il m'a ridiculisé.

— Calme-toi. Ça rime à quoi tout ça ?

— Toi, tu montes à l'appart, tu me files les clés, et t'inquiète pas si je rentre pas ce soir ! Il vaut mieux que tu repartes chez toi après ce qui s'est passé. On verra ça demain.

Me voilà seule. J'attendais un minimum d'explications, je l'ai : une histoire de cul.

Je me vois mal rentrer à Chartres, j'imagine la réaction des parents : « Qu'est-ce qui se passe ? Tes amours ne vont plus ? »

Je suis coincée. Comment cette fille a-t-elle su qu'il était malade ? Il disait que personne n'était au courant, pas même son père. Je ne comprends plus. C'est ça qui m'a choquée. Plus que l'« histoire de cul ».

J'enveloppe le tee-shirt dans un sac plastique, bien fermé, pour le mettre à la poubelle. Je ne veux même pas essayer de le laver, il y a trop de sang.

En fait, il rentre ce soir-là. Il a peur des flics. Et cette histoire de « gun » pour « plomber » un mec me semble plus de la fanfaronnade qu'une véritable menace.

— T'inquiète pas, j'ai été voir un copain, on a discuté. Il voulait qu'on aille lui péter la gueule, à ce mec, mais on ne l'a pas fait. Je suis crevé.

La nuit passe. Il dort. Moi pas. Il a deviné que j'avais compris. Plus besoin d'explication.

D'ailleurs, je refuse de connaître les détails, c'est humiliant. L'histoire doit être récente, entre ma dernière visite et celle-ci, trois à quatre mois. Dans le tiroir de la table de nuit, j'ai vu une boîte de préservatifs entamée ; il y a donc une autre fille. Mais, au moins, il prend des précautions avec elle. C'est toujours ça.

Qu'est-ce que je fais là ? Pour une fois, c'est presque clair : je l'aide.

Le lendemain matin, je l'emmène à l'hôpital. Il a reçu un sale coup pendant la bagarre. On le recoud et il en profite pour demander des médicaments. Il est dans un tel état d'agitation et de manque qu'on lui prescrit un anxiolytique. A Marseille, on appelle ça le « rups ».

Passée la porte de la pharmacie, il avale la boîte. Je m'y attendais. Vingt ou trente comprimés, d'un coup. Ça l'assomme, mais il ne dort pas, il somnole. Il suffit de lui parler, de le secouer, il se redresse et marche. Par contre, il ne soutient pas une conversation. Il est incohérent dans tout ce qu'il fait, dans ses gestes, il marche au ralenti.

Il faut que je reste avec lui. Il se balade, je me balade avec lui. Il va voir des mecs, il leur parle de je ne sais trop quoi, il va chercher du shit, il fait ses « achats », comme il dit. Il va boire de la bière. Nous marchons, marchons.

J'essaie de comprendre. Mais je n'y arrive pas. C'est une déchéance totale. Y a-t-il quelque chose à faire pour l'aider à en sortir ? Est-il simplement paumé et récupérable ? Comment imaginer un avenir avec lui ? Pour l'instant, il est dans mon avenir, il en fait partie. J'essaie de comprendre. Je suis paumée aussi. Je ne peux pas rentrer et le laisser comme ça. Je ne peux pas abandonner.

Les heures passent. Il est plus tendre. Il a fait ses provisions de shit pour la semaine.

Le week-end approche, et le voilà à nouveau en manque. Il veut des comprimés. Il est en train d'avaler d'un coup sa dernière boîte. Sur une vieille ordonnance qu'il a déjà trafiquée, en changeant la date, il modifie maintenant la durée de prescription et les doses.

— Viens, on va en ville, à la pharmacie, je vais chercher mes comprimés.

Première pharmacie, ils refusent de le servir. Deuxième, troisième, quatrième, pareil. Cette errance est tuante. Il me fait pitié, il me fait mal. Il souffre. Je ne peux rien. Ces gens qui passent, cette petite fille qui dévore un Carambar, cette vieille femme en noir avec un panier coloré, cet homme qui contemple une vitrine de casquettes, tous ces gens sont normaux. Eux, ils peuvent entrer dans une pharmacie demander de l'aspirine, ou n'importe quoi, car ils ont des ordonnances officielles, propres. Celle qu'Antony tient dans la main est immonde, mal trafiquée, froissée, désespérée.

Chaque fois je rentre avec lui, sans m'approcher du comptoir, mais les gens voient bien que je l'accompagne. Un drogué. Que pensent-ils de moi ? Si j'en avais la force, je leur dirais : « Aidez-le, il est malade. Si vous ne lui donnez pas ce qu'il demande, il va… je ne sais pas, j'ai peur, peur pour lui. »

Tout le monde refuse de le servir. Il commence à s'énerver.

— C'est pas possible, il m'en faut, il m'en faut.

Et à la cinquième pharmacie :

— Tiens, vas-y, toi. Je dois avoir une sale tronche, ils ne me croient pas.

— Qu'est-ce que tu veux que je leur dise ? Je ne suis

pas malade, ils verront bien que ce n'est pas pour moi, ces machins-là.

— Tu dis que c'est pour ton copain, que je suis malade, que je suis au lit… J'en ai besoin, t'inventes, merde ! Tu trouveras bien un truc.

Je suis mal. Je voudrais ne pas y aller. Mais je cède.

J'y suis. Devant une femme et un homme en blouses blanches. Ils examinent le méchant papier, me regardent :

— C'est pour quoi faire ? Qu'est-ce qu'il a exactement, votre ami ?

— Il est malade, au lit, je ne sais pas exactement ce qu'il a, c'est pour lui rendre service.

— Non, désolé, votre ordonnance n'est pas claire, on ne peut pas vous fournir ces médicaments.

Avec moi, ils parlent un peu, essaient d'en savoir plus. Mon apparence ne les inquiète pas. Mais ils ne sont pas dupes.

C'est vrai que je n'ai pas une tête de droguée ; je passe bien, comme Antony aime à le dire à ses copains : « Barbara, elle passe partout, la classe, y a pas de problème. »

Il se sert de moi, là. C'est la première fois qu'il me demande quelque chose pour ses histoires de dope. D'habitude, il y va tout seul, je suis censée ne rien voir.

Nous marchons depuis plus de deux heures, nous avons pratiquement fait toutes les pharmacies de Marseille. Pas une n'a accepté. Maintenant, c'est toujours moi qui entre. Il attend sur le trottoir, en marchant de long en large, en fumant clope sur clope. Et pendant ce temps, on me répond, au mieux :

— Ah oui, mais je n'en ai pas, je les recevrai en fin de journée, ou demain, est-ce que vous pouvez repasser ?

Au bout du énième refus, je n'en peux plus.

— Écoute, Antony, personne ne va m'en donner. Ils ne sont pas cons.

— Si, si, attends, j'en connais une. Eux, on les a comme on veut, ils donnent tout ce qu'on veut. Vas-y, ça va marcher.

— Non. On n'insiste plus, tu ne les auras pas ! Regarde-la, cette ordonnance, les gens voient bien que tu l'as dénichée dans un tiroir. C'est un vieux truc trafiqué. Il y a trop de boîtes. Ça ne passe pas. Va voir un médecin. Il te fera une nouvelle ordonnance.

— Je veux pas payer un con pour rien. Ils en donnent pas tous, des médocs.

— Essaie, téléphone à un médecin, explique ton problème.

— Il me donnera pas de rendez-vous maintenant.

— Alors, on ne prend pas de rendez-vous, c'est pas grave. On y va et dès qu'il sort de sa consultation, on le chope. On lui explique, tu lui demandes qu'il te fasse une ordonnance et puis voilà, on n'en parle plus.

— Non, non, et puis avec quoi je vais le payer ? J'ai pas de thunes. Essaie encore une fois, s'il te plaît !

C'est bizarre, comme impression. J'ai honte de faire ça et, en même temps, je suis presque comme lui : j'espère un soulagement. Qu'on me donne ces saletés de comprimés. Qu'on me les donne et que j'arrête de faire ça. J'en ai marre de mentir.

Il est de plus en plus sur les nerfs. Ces comprimés, c'est une question de vie ou de mort, dirait-on. Il en a pris une vingtaine le matin, et ça ne suffit pas. Il fume joint sur joint, et n'est toujours pas rassasié.

Il fait un soleil de plomb, nous n'avons pratiquement rien mangé de la journée. Je transpire, mes jambes ne me portent plus. J'ai marché dans son « truc », je me confonds presque avec lui. Il ne faut pas. J'ai eu tort.

— J'en ai marre. Maintenant tu te démerdes, à la prochaine pharmacie, c'est toi qui demandes.

La dernière. Il entre avec moi. Ses mains tremblent. Je tends l'ordonnance. La fille part au fond de la boutique pour la montrer à son patron. Et tout à coup, je vois Antony se faire servir une seringue, payer, et ressortir aussi vite. Évidemment, pendant ce temps, on m'a refusé les comprimés.

— Ils t'ont refusé ? Bon, c'est pas grave, je sais ce que je vais faire, je vais me démerder autrement.

— Pourquoi tu as acheté une seringue ?

— C'est simple, je vais me faire un fix.

— Tu es fou ! Tu as déjà avalé vingt rups ce matin et tu veux te piquer ? Je t'en prie, ce serait plus simple d'aller voir un médecin.

— Fous-moi la paix. Attends-moi au bistrot.

Il est allé voir un copain ; il a marchandé en lui disant qu'il apporterait le fric le lendemain. Et parce qu'il le connaissait bien, le mec lui a refilé un gramme comme ça, sans poser de questions.

Le soleil tape toujours, il est 5 heures du soir.

Au début, Antony voulait aller dans les toilettes publiques, les toilettes à deux balles où vont tous les toxicos. C'est occupé, ou bien ça ne marche pas, ou alors il faut trouver une pièce de deux francs. Puis il dit qu'il connaît un endroit peinard. Je le suis.

Nous montons un petit escalier de pierre à l'extérieur d'un immeuble. C'est un endroit assez calme, il y a peu de passage.

Assise sur cet escalier, je le regarde préparer sa mixture. Impressionnée. J'ai déjà vu faire ça au cinéma. C'est curieux, j'ai l'impression qu'il ne va pas le faire, que c'est impossible, que je ne peux assister à ça. Pas moi. Alors qu'il prépare tout soigneusement.

Il a acheté une bouteille d'eau minérale. Il sort une petite cuillère, y verse la poudre, ajoute un peu d'eau et la chauffe avec son briquet. Ce n'est pas très long, quelques secondes. Puis il remplit sa seringue avec la mixture. J'ignore ce qui va se passer ensuite. Comment va-t-il réagir ? Il va s'écrouler ? Rire ? Dormir ?

— Regarde si personne ne vient !

Je regarde en haut, en bas, c'est désert.

— Personne.

— C'est bon, alors tiens-moi le poignet. Tu vas me servir de garrot.

— Non, je ne veux pas. Je ne veux même pas te voir te piquer, j'ai horreur de ça. Il n'en est pas question. Tu te démerdes autrement.

Il s'énerve. Moi aussi.

— Ne me demande pas ça, Antony, ça suffit ! J'en ai marre. Démerde-toi comme tu veux, mais je ne te servirai pas de garrot.

Il fait je ne sais trop quoi, essaie maladroitement de se piquer, et je comprends que, sans garrot, il ne pourra pas. J'ai un foulard autour du cou, je le lui tends. Et je descends quelques marches, pour ne pas voir.

— Quand tu auras fini, appelle-moi.

Ça dure dix secondes à peine.

— Barbara, c'est bon, tu peux revenir, j'ai fini.

Je remonte pour le voir jeter la seringue contre le mur. Il est fou ! Il laisse traîner sa seringue ?

— Il faut la jeter, tu ne peux pas la laisser traîner là, si quelqu'un marche dessus...

Il ne m'entend même pas. Il n'en a rien à foutre de la contamination et du reste, de son sida. Rien à foutre de rien. Je ramasse la seringue pour aller la jeter dans une poubelle.

Je me vois faire tout ça, avec toutes ces images dans la tête, la seringue, la poudre, la cuillère, toutes ces pharmacies avant, ces gens méprisants. A quoi ça sert, s'il peut trouver de la dope au premier coin de rue ? Il l'a fait, j'ai vu, j'ai été témoin de l'horreur, et c'est moi qui cherche une poubelle.

Je reviens m'asseoir à côté de lui sur l'escalier. Il me rend mon foulard et sort une feuille pour se rouler un joint. Il a l'air bien. Il brûle son shit. Et je me dis : « C'est tout ? C'est que ça ? »

J'imaginais autre chose, qu'il partait quelque part. Le fameux trip dont ils parlent... Mais non, il bafouille :

— Ç'a pas été long ? Tu vois, c'est rien du tout, je suis parfaitement bien. T'avais pas besoin de flipper...

Des trucs complètement cons. C'est d'une banalité !

Soudain, je vois qu'il commence à s'endormir en roulant son joint. Là, j'ai peur. Il se passe quelque chose. Jamais il ne laisse tomber un joint.

Je lui donne un coup de coude, il reprend ses esprits, ouvre à nouveau les yeux et recommence à rouler son papier.

Et, d'un coup, il s'écroule sur moi. Je ne sais pas si c'est une overdose ou autre chose, je ne sais pas quel effet ça fait, cette saloperie ! J'essaie de le relever, mais il est trop lourd. L'impression de m'acharner à soulever une maison. Je ne parviens même pas à le maintenir assis.

Je l'allonge sur l'escalier.

Panique.

Il a la tête qui part vers l'arrière, de la salive aux lèvres, le teint un peu jaune. Il émet des sortes de gémissements.

Il se passe réellement quelque chose de grave. Il respire mal.

J'essaie de lui parler, de le secouer, mais il ne répond pas, n'ouvre même pas les yeux. Alors, j'essaie de lui soulever les paupières, d'examiner les prunelles. Comme si j'y connaissais quelque chose.

Rien, c'est impossible. Je ne vois rien. Et ses lèvres commencent à devenir bleues.

C'est ça, une overdose ! J'ai compris. C'est ça ! Il va mourir !

Je le secoue encore, lui flanque des gifles, l'asperge avec le restant de la bouteille d'eau.

Que faut-il faire ? Mon Dieu, que faut-il faire ?

Une fille passe au bas de l'escalier. Elle m'entend pleurer.

— Ça ne va pas ? Vous avez un problème ?

— Oui, il est malade, je ne sais pas ce qui lui arrive.

— Vous voulez que j'aille chercher quelqu'un ?

— Oui, si vous pouviez appeler les pompiers, je ne sais pas quoi faire, je ne suis pas d'ici, je ne sais même pas où on est.

— Ne vous inquiétez pas, j'appelle les pompiers.

La fille disparaît. Je me retrouve toute seule. Puis deux hommes passent, montent l'escalier, s'arrêtent et me demandent ce qu'il y a. L'un d'eux se penche sur Antony :

— Ça, c'est une overdose.

Il a l'air de s'y connaître. Je fais ce qu'il me dit, geste après geste — mettre Antony sur le côté, lui masser le cœur, lui faire du bouche à bouche. Ils me regardent tous les deux, en silence.

— Continue comme ça. T'as plus qu'à attendre les pompiers. Tout ce que je te souhaite, c'est qu'il flanche pas pendant le trajet ou avant qu'ils arrivent…

Ils restent quelques minutes encore à me regarder m'escrimer maladroitement, puis s'en vont.

C'est un cauchemar, en plein jour, au soleil, sur un escalier au bord d'une rue où des gens passent, au milieu de maisons, d'immeubles, où vivent des gens, des tas de gens. Mais je suis seule.

Puis la fille revient pour dire que les pompiers arrivent. Je la remercie, et elle s'en va à son tour.

Mille choses me passent par la tête. Pourquoi il a fait ça ? Pourquoi à moi ? Je l'avais prévenu. Pourquoi les pharmacies n'ont pas donné de médocs ? Pourquoi je suis venue ? Pourquoi je suis restée ? Il va mourir. Qu'est-ce que je vais faire ? Comment je vais annoncer ça à ses parents ? Je ne les connais même pas. Aux miens ? Qu'est-ce que je vais dire aux pompiers ? Il va y avoir les flics. J'aurais dû l'empêcher de se piquer.

Mille scénarios. C'est long, si long.

Les pompiers arrivent. « Vous êtes qui ? — Je suis sa copine — Vous êtes de Marseille ? — Non, je suis en vacances chez lui, je suis de la région parisienne. — Vous savez qui lui a fourni sa drogue ? — Oui, j'étais avec lui quand il l'a achetée — Comment était ce mec ? Vous connaissez son nom ? Vous savez où il habite ? — C'est à lui qu'il faut demander, je ne sais vraiment rien, je ne peux pas vous aider — Et vous, vous vous piquez ? — Non, moi, je me pique pas ! »

Il me regarde bizarrement, ce pompier. Il ne me croit pas.

— Regardez mes bras. Vous voyez bien ! Faites ce que vous voulez, une prise de sang, vous verrez bien que je ne touche pas à la came. Je ne suis pas une camée !

Oui, mais alors qu'est-ce que je fais là avec un camé ? Tout le monde peut se poser cette question-là ; même moi, je finis par me la poser.

Je commence à réagir. La lucidité revient.

Pendant ce temps, ils se sont occupés d'Antony. Il tient presque debout, il arrive à marcher, soutenu par un pompier, mais il le repousse, et vient vers moi en vacillant :

— Non, non, c'est elle qui va m'aider à marcher. Je veux pas que ce soit vous ; vous, laissez-moi tranquille.

Maintenant, l'attroupement est général devant le camion des pompiers. Tout le monde regarde, murmure. Antony s'accroche à mon bras, un masque d'oxygène sur le visage. C'est aberrant.

Dans le camion on me demande son nom, son adresse, ce qu'il fait dans la vie…

Arrivés aux urgences, les pompiers nous laissent là avec les infirmières, qui l'emmènent.

J'attends. Je chiale enfin sans retenue. Cinq minutes plus tard, une infirmière arrive en courant :

— Mademoiselle, mademoiselle, vite, on a besoin de vous, votre ami menace de nous frapper, on ne sait pas comment faire.

Antony est comme fou, l'insulte à la bouche :

— Bande de cons, laissez-moi, vous ne me ferez pas de piqûre ! J'en veux pas !

Ils veulent lui faire une piqûre pour soutenir le cœur, puisqu'il n'y a pas de remède pour supprimer l'effet de la drogue. Mais il n'en veut pas, de cette piqûre, il hurle :

— Vous allez tout bousiller, m'enlever mon trip. Je suis en plein dedans, foutez-moi la paix !

Il hurle toujours alors que les infirmières partent, me laissant seule avec lui :

— Essayez de le raisonner, on revient dans cinq minutes, et s'il ne veut pas, tant pis, on le laissera crever là.

— Antony, écoute, je t'en prie…

— Les laisse pas me faire ça ! Ils vont me faire mal, c'est pas bien. Les laisse pas, Barbara…

Des arguments de gosse. Comme s'il avait cinq ans, et peur de la méchante infirmière qui va le piquer !

Au bout d'une demi-heure, j'y suis arrivée. La piqûre est faite et l'a étendu net. Il ne dort pas, mais c'est pareil. Un gisant. Et, d'un coup, il ouvre les yeux et demande :

— Où est-ce qu'on est ?

— A l'hôpital…

Il ne se souvient pas. Je résume.

— Viens, on rentre, je ne veux pas rester à l'hôpital, je suis fatigué.

— Non, tu ne peux pas. Moi, je vais rentrer, mais toi, tu vas passer la nuit ici. Ils te gardent jusqu'à ce que tu ailles mieux.

— Non, non, les overdoses, j'en ai marre, je veux pas rester ici. De toute façon, je serai beaucoup mieux à la maison.

J'appelle l'infirmière du service :

— Il veut rentrer. Qu'est-ce que je fais ?

— Nous, on ne peut pas l'obliger à rester. On a fait ce qu'on pouvait, maintenant, s'il veut rentrer, qu'il s'en aille. Inutile qu'il recommence à nous menacer comme il l'a fait tout à l'heure. Je suis désolée, mais je ne veux pas mettre mes infirmières en danger.

Elle s'énerve tout à coup :

— On ne va pas se faire chier pour un con pareil ! Qu'il rentre et puis c'est tout.

— D'accord. Mais qu'est-ce que je peux faire ?

— Rien ! Vous le laissez dormir et demain matin vous verrez bien s'il est vivant ou pas. C'est tout ce que je peux vous dire.

C'est froid, clair, net, elle ne veut plus de lui. Je la comprends. Combien en a-t-elle vu dans la semaine ? dans la journée ?

J'ai honte d'être avec lui. Mais il m'est impossible de le laisser dans cet état. Je me sens responsable de lui. Je me souviens du jour où il m'a dit au téléphone :

— Je suis à l'hôpital, j'ai fait une overdose, aide-moi, je ne sais plus quoi faire.

Nous y sommes. Je suis là, cette fois. Il dit que c'est la cinquième overdose, qu'il a toujours eu beaucoup de chance, toujours quelqu'un près de lui. Un passant, quelqu'un pour le ramasser au bon moment. Aujourd'hui, c'est moi. Moi qui le ramène en taxi et paie le chauffeur ; moi qui l'aide à monter dans l'appartement et le couche ; moi qui vais préparer quelque chose à manger dans la cuisine.

Il dort. Il ronfle. J'écoute battre son cœur, surveille les mouvements des paupières.

Il est laid, soudain. Malade. Médiocre. Misérable.

Le bel Antony. Veule, jusque dans son sommeil.

RÉALITÉS

Toute la nuit j'ai eu peur qu'il meure.

Il s'est réveillé le lendemain matin, vers 10 heures. J'étais debout depuis longtemps. Assise à la table, je faisais mon courrier. Je racontais des choses belles. Des mensonges.

Il avait mal au crâne et ne tenait pas très bien sur ses jambes, mais il vivait.

— Je te remercie, tu m'as sauvé la vie. Est-ce que je pourrai te rendre la pareille un jour, j'en sais rien…

Je n'ai pas répondu. Je l'écoutais parler, en me disant : « Il l'a déjà foutue en l'air, ma vie, comment pourrait-il la sauver ? »

Le soir je lui ai dit :

— Je rentre chez moi.

— T'as raison, je ne peux pas t'obliger à rester.

Jusqu'au lendemain il s'est comporté en véritable amoureux. Il était gentil, attentionné, tendre.

Mais il y avait quelque chose de cassé. Je le voyais tel qu'il était ; les épaules basses, avachi sur la table, rongeant ses ongles, la peau blême, mangeant mal, se tenant mal. Moi, je me trouve trop bien élevée. Parfois, j'ai l'impression de faire des manières, d'être une sorte de princesse à côté de lui. Une chichiteuse. D'en faire trop alors que je me suis toujours comportée de la sorte.

Antony se fout des autres, se fout de l'image qu'il peut donner. Souvent je me suis dit : le problème, ce doit être moi, c'est moi qui en rajoute. « La classe de Barbara... », disait-il aux copains. Brutalement le jugement se précise : il est mal élevé. Il n'a aucun respect pour les autres. Je mets les pieds sur la table, je bois pour me soûler, je me drogue parce que j'en ai envie, je fous le bordel dans ma piaule, et après ?

Il est odieux, voilà. Odieux mais attachant, épris de poésie, fou de poésie.

Ce soir encore il sort un cahier à spirale.

— J'ai toujours eu la passion d'écrire... Regarde, j'ai écrit d'autres textes pour toi :

Je vais me retourner dans mon cerveau,
Oublier le monde, oublier les gens, oublier la mort,
tout oublier et vous verrez que je vais changer.
Je vous dis ça car le changement a commencé
Depuis un dimanche bleu.
Vous savez elle est belle.

?

Antony

Le lundi matin, il est parti en ville, faire je ne sais trop quoi, comme d'habitude. Je prépare mes valises. Quelque chose me trotte dans la tête depuis hier soir. Une impression d'avoir entendu ce poème quelque part. Soudain, tout me revient. C'était à Chartres, je suis allée dans une librairie, je suis tombée sur un livre de Jim Morrison, la star des années 70, mort d'une overdose dans un hôtel parisien. Un mythe. L'idole d'Antony. J'ai commencé à feuilleter le bouquin, les textes étaient extrêmement accrocheurs, écrits pour faire mal au premier mot par un écorché vif étalant son mal de vivre. Attirée, j'ai acheté le bouquin. Le soir, je me suis installée dans ma chambre, tranquillement, sur mon lit, et j'ai commencé à lire. Sur un des textes, je me suis dit : « C'est bizarre, ça me rappelle vaguement quelque chose... j'ai dû le lire quelque part, dans un magazine ou ailleurs. » J'achetais beaucoup de magazines à l'époque. Mais sur le coup, ça ne m'a pas vraiment frappée. Juste une sensation. Je me souviens parfaitement du titre : *Arden lointain*.

Sur les étagères d'Antony, les livres de Jim Morrison sont là aussi : *Wilderness, Seigneurs et nouvelles créatures, Arden lointain...*

Le cœur serré, j'ouvre un livre au hasard, cherche. Je n'ai pas tout lu ; ce genre de littérature me flanque facilement le cafard. Je voulais justement lui faire découvrir d'autres lectures, le sortir de son univers de mort et de drogue. Musset, Shakespeare, il a aimé ; il m'a fait découvrir Rimbaud en retour.

Je fouille dans ses bouquins, je feuillette, feuillette, cherchant le texte. Il est là... Jusqu'aux derniers vers :

Depuis un dimanche bleu.
Vous savez elle est belle.

Je cherche le cahier d'Antony, je lis, relis, retourne au livre... C'est le même. La seule chose qui change, c'est la signature à la fin, et ce point d'interrogation qu'Antony ajoute partout.

Il s'est prétendu poète, fou d'écriture ; il m'a menti. Je l'entends encore me dire :

— Ce sont mes textes, j'écris des réflexions, des histoires que j'ai plus ou moins vécues, des rencontres...

C'est faux ! Totalement faux.

Je cherche dans les autres bouquins. Tous les textes sont de Jim Morrison. Deux ou trois mots changent parfois quand Antony essaie de personnaliser les poèmes. Et il recopie avec des fautes d'orthographe, c'est ça le plus fou !

Car il a recopié, c'est sûr, maintenant. Un soir, au centre de repos, au tout début, j'étais dans sa chambre, allongée sur le lit, et lui à son bureau. Il a dit :

— Je me sens inspiré ce soir, je vais écrire.

Ça a duré trois quarts d'heure. De temps en temps, je le regardais. Il me tournait le dos. Aucun livre ouvert devant lui, rien. Il avait dû apprendre par cœur et recopier en fonction de son imagination, d'où les fautes d'orthographe et la ponctuation inexistante. Et il se disait tellement fier de ce qu'il faisait, quand il me les faisait lire :

— C'est beau ? Tu comprends ce que j'ai voulu dire ?

Nous y passions des soirées entières. Au centre, c'était presque tous les soirs. Nous parlions de ses textes, les relisions, dix, quinze, vingt fois.

Petite fille malheureuse pourquoi t'es-tu enfermée là-dedans, qu'est-ce que tu fais dans cette histoire ? Tu te fais geôlière de ta propre prison...

De son écriture : signés par lui, toujours signés. Il y a aussi la fille haute de trois mètres... Veux-tu de moi ?

Colère, humiliation, déception arrachent le dernier lambeau qui m'attachait à lui. La blessure est profonde, laide, douloureuse. Voleur de mots, voleur de poèmes, voleur de sensibilité, d'amour. Voleur. Voleur. Voleur.

Le comble, c'est que je lui ai dit un jour avoir acheté le livre de Jim Morrison. Il le savait donc. Et j'en ai acheté d'autres ensuite, et il n'a fait aucune référence à ses poèmes. Il a continué. Il continue !

Je comprends les fautes, la différence entre le langage et l'écrit, si énorme chez lui. Ce qui veut dire qu'il a menti sur tout le reste. Il n'est jamais allé en fac, jamais. Il n'a jamais passé son bac. C'est un menteur professionnel, ou un mythomane... Comment pouvait-il espérer me tromper longtemps avec ça ?

L'image du garçon, un livre à la main, sur ce maudit balcon... Mon Dieu, tant de choses sont parties de là ! C'est avec « ça » qu'il m'a séduite, aussi. L'amour écrit, la pensée, ce talent bizarre, qui n'était pas ma préférence, mais si émouvant...

Vierge de fer forgé... Morrison parlait de vierge de fer forgé. Antony m'a appelée sa vierge de fer forgé...

Il rentre. Je ne dis rien. J'attends.

Il m'a envoyé d'autres textes à Chartres. Je n'ai pas la lettre avec moi, ce n'est pas la peine, mais le texte est resté dans ma tête. Un texte qui commence par « On n'est pas sérieux quand on a dix-sept ans », on ne l'oublie pas. Je l'ai retrouvé aussi, celui-là. Dans un recueil aux pages cornées. Baudelaire, Flaubert... et je suis tombée sur Rimbaud. *On n'est pas sérieux quand on a dix-sept ans.* La page était cornée : Antony avait fait sa sélection avant de recopier les poèmes et me les envoyer. Ce n'est pas joli joli... Surtout pour un si beau livre.

J'ai relu le poème et j'ai rigolé. « Bravo, Rimbaud, c'est bien, c'est très beau. Je t'aime encore plus... » J'ai rigolé, mais je n'en avais pas tellement envie.

— Ça va ? Qu'est-ce que tu as fait aujourd'hui ?

— J'ai bouquiné.

— Ah bon, et t'as bouquiné quoi ?

— Je t'ai emprunté un livre, j'espère que ça ne te dérange pas.

— Mais non, voyons, tout ce qui est à moi est à toi. On partage tout, tu devrais le savoir.

Je lui montre le livre que j'ai choisi.

— Voilà un bon choix, c'est bien. T'as vu, il y a des beaux textes.

— Particulièrement ceux de Rimbaud. J'aime bien *On n'est pas sérieux quand on a dix-sept ans.*

— Oh oui, moi aussi, je l'adore.

Je le regarde, l'air de dire ce que je n'arrive pas à prononcer : « Mais à quoi tu joues ? »

Il ne se souvient peut-être pas qu'il me l'a envoyé signé de lui ? Sa réponse me surprend tellement que je réponds platement :

— Oui, c'est vrai, moi aussi je l'aime bien.

Puis je reprends son cahier, l'ouvre, montre le premier texte :

— C'est Morrison qui a écrit ça.

— Oui, oui, c'est lui.

— Et pourquoi tu les signes, puisque ce n'est pas toi ? C'est Morrison qui les a écrits.

— Parce que ça, c'est mon cahier. Je les écris pour moi, alors je les signe...

Il ne se sent pas pris en faute. Il n'est même pas gêné. Il répond calmement. « ... C'est mon cahier, ça m'appartient. Ce sont mes pensées que je mets dans ce cahier. C'est vrai, c'est un texte de Morrison, mais c'est moi, c'est ma vie, ça me ressemble, c'est ce que je pense, donc c'est à moi. »

Voilà. Il n'est pas assez intelligent, pas assez doué pour l'écrire lui-même, alors Morrison l'écrit pour lui.

Que dire ? C'est tellement morbide, lugubre, ce parfum de drogue. Il s'y retrouve, les mots deviennent sa propriété, il les intègre, et les recopie, probablement de mémoire, comme un écolier qui triche. Et en même temps, c'est beau quand il me les dit.

Dans la lettre où il « m'écrivait » le texte de Rimbaud, je crois qu'il avait mis un petit mot du style « J'ai écrit ce texte pour que tu comprennes que quand on a dix-sept ans on fait des bêtises mais que ce n'est jamais très grave... ».

Le texte était trop parfait, on voyait bien qu'il l'avait recopié. C'était tellement bien dit et bien formulé que ce ne pouvait pas être lui. Je m'en doutais, mais j'avais préféré penser qu'il l'avait lu quelque part et me l'envoyait, tout simplement. Je connaissais certains textes de Rimbaud, mais pas celui-ci. Depuis, j'adore ce poème.

A quoi bon l'humilier ? Il vaut presque mieux passer pour une conne. Je ne veux pas lui faire de peine, je n'ai jamais voulu lui en faire. Lui laisser ses illusions. Il se raccroche à ses prétendus textes. Il en est fier, il en parle souvent. Lui dire que je ne le crois pas, que ces textes ne sont pas de lui, le lui enfoncer dans la tête, c'est l'humilier et lui faire perdre cet espoir, ce rêve qu'il traîne au fond de lui. Celui de pouvoir dire aux gens : « Je sais écrire, j'écris des textes super. » C'est sa manière de dire aux autres ce qu'il me dit en face : « C'est ce que je ressens, c'est ce que j'ai vécu, ce que je pense. C'est pour ça que je signe. C'est quelque chose qui m'appartient. Il est à moi, ce cahier, à moi seul. Pas à Morrison ou à quelqu'un d'autre. A moi. »

— C'est bien, t'as raison.

Il prétend qu'il ne les a fait lire qu'à moi, mais je me doute bien qu'il s'en est servi, en particulier avec les filles qu'il voulait conquérir. Mais c'est *son* cahier.

Ma valise est prête. Je pars ce soir. Vers 11 heures, on frappe à la porte. Un flic. Il demande poliment à voir Antony, m'interroge pour savoir à quelle heure il rentre...

— Vers midi...

136

— Bon, je ne peux pas l'attendre. Vous lui direz qu'il est convoqué au commissariat du quartier, qu'il s'y rende le plus tôt possible.

Il me tend la convocation.

— Très bien, je lui dirai.

Mais il ne part pas tout de suite. Après m'avoir examiné des pieds à la tête, il me fait subir un interrogatoire rapide : « Vous, vous êtes qui ? — Je suis sa copine. — Vous êtes de Marseille ? — Non, je suis venue passer quelques jours ici. Je pars demain. — Vous avez des papiers d'identité ? »

Il note mon nom, mon prénom, mon adresse.

— Très bien, je vous remercie, au revoir.

A-t-il le droit de faire ça, ce flic ?

Je suis rentrée à Chartres. Anthony téléphone le soir, je lui demande ce que lui voulait la police.

— Je sais pas trop encore. Il faut que j'y retourne demain. Des problèmes de papier.

Je n'insiste pas, apparemment il n'a pas envie d'en parler.

Une semaine après, il est en prison. Il m'écrit aussitôt en me disant : « Je crois que c'est une histoire de vol ou de recel. C'est vaseux. J'ai rien fait. Je ne sais pas pour combien de temps j'en ai. Écris-moi, me laisse pas tomber, je t'aime. »

J'ai su plus tard que mon contrôle d'identité intempestif était remonté jusqu'à Chartres, que mes parents avaient été convoqués, et qu'ils avaient tout appris sur Antony. La drogue, la prison. Ma mère ne m'en a pas voulu. Elle ne m'en a parlé que beaucoup plus tard.

Les semaines ont passé. J'avais l'air d'aller mieux, je ne restais plus enfermée toute la journée comme avant. Je potassais mon code, pour passer le permis. L'été approchait, les vacances.

Antony était en prison, je lui écrivais comme promis. Sœur Barbara accomplissait son devoir d'aide aux marginaux.

Il a été jugé et il a pris cinq mois. Il est sorti fin octobre, et il voulait me revoir. Tant de choses à me raconter.

— Je sors de prison, j'ai plus rien, pas une thune, pas de boulot, personne. Il n'y a que toi qui m'as écrit. Tu viens ?

Comment le quitter ? Je n'ai pas dit oui, je n'ai pas dit non. Je ne pouvais pas rompre pendant qu'il était en prison, c'était trop moche. Maintenant, c'était l'occasion ou jamais.

J'en ai parlé à ma mère, je lui ai demandé du secours. C'était la première fois que je demandais de l'aide à maman.

— Non, n'y va pas. Si tu n'as pas envie d'y aller, n'y va pas. Qu'est-ce qui va se passer ? Il va recommencer ! Est-ce que tu penses qu'il peut changer ?

— C'est vrai, tu as raison, mais j'ai du mal à le laisser tomber comme ça, d'un coup, c'est méchant. Je vais retourner à Marseille lui dire que je vais le quitter.

— Tu fous de l'argent en l'air pour vivre quelques jours de galère ? Pour lui dire que tu le quittes ? Ça sert à quoi, Barbara ? La prochaine fois que tu l'auras au téléphone, dis-lui, et qu'on n'en parle plus. Il finira par te foutre la paix.

Je commençais à être bien dans ma tête, j'avais peur que ça recommence. Elle avait raison. Lorsqu'il a rappelé, je lui ai dit tout ça. M'entendait-il ?

— Oui, je te comprends, mais moi j'ai besoin de te voir. De toute façon, maintenant, t'es majeure, tu peux très bien partir sans l'accord de ta mère ou de ton père, tu t'en fous. Ils vont pas t'envoyer les flics au cul.

J'ai attendu. Et puis je me suis engueulée avec ma mère à cause de lui. Ça n'allait pas. J'étais sur les nerfs, j'en ai eu marre un soir, tellement marre que j'ai pris la boîte de comprimés. La valse a recommencé dans ma tête, j'ai avalé les comprimés et je me suis retrouvée à l'hôpital.

LE PLUS GRAND CHAGRIN POSSIBLE

Huit jours dans ce lit. Lavage d'estomac, perfusion.

Qu'est-ce que j'ai à surfer sur la mort sans vraiment vouloir me noyer ? Gainsbourg chante à mes oreilles collées au Walkman :

Amour, hélas, ne prend qu'un « m », faute de frappe, c'est haine, pour aime...

Réflexion amère, noire, cruelle. J'ai un désir permanent

d'être aimée. Une soif qui me rend possessive, méchante, ou faible, à la limite de la bêtise, comme dans le cas d'Antony. Je suis vraiment prête à tout pour qu'on m'aime. A m'enfoncer complètement.

Cette soif, je la ressens depuis que je suis toute petite. Besoin d'aimer, mais plus encore besoin d'être aimée. Quand mon frère Joffrey est né, j'ai fait une comédie infernale. J'étais la petite dernière de cinq ans, trop gâtée, j'ai fait une crise à ma mère :

— Je veux pas d'un autre bébé ! Pourquoi t'en as fait un ? Tu nous aimes plus, Soline et moi, c'est pas juste.

— Bien sûr, que je vous aime, mais un autre enfant dans la maison, c'est formidable ! Tu veux un petit frère ou une petite sœur ?

C'était non, non et non, je n'en voulais pas. A la rigueur, je voulais bien une petite sœur. Mais pas un garçon, il allait me tirer les cheveux, me piquer mes poupées.

Quelques mois avant la naissance de Joffrey, je clamais, de trouille que l'on ne m'aime plus :

— De toute façon, quand il sera né, le frère, je lui couperai la tête et je le mettrai à la poubelle.

Au début, mes parents riaient. Quand ma mère a accouché, le soir, mon père nous a emmenées, ma sœur et moi, à la maternité. Je ne voulais pas entrer dans la chambre. Je suis restée à la porte, je ne suis pas allée embrasser ma mère et je n'ai pas jeté un regard sur mon frère. Il m'a fallu du temps, une ou deux semaines, pour qu'enfin j'aille embrasser ma mère et regarder à quoi ressemblait ce petit frère.

Une sale gamine. Qui, maintenant, aime son grand petit frère. Mais n'ose jamais le lui dire.

Qu'est-ce que j'ai dans le crâne ? Solitude, beaucoup ; désespoir, un peu. Je fais tout ce que je peux pour plaire et quand je n'y arrive pas ou, pire, que quelqu'un d'autre peut prendre ma place, ou que l'on m'abandonne... les mauvaises idées reviennent, rien ne va plus. Paradoxalement, j'ai du mal à recevoir l'amour des autres.

C'est peut-être pour cela que je suis tombée amoureuse d'un drogué, menteur et séropositif. Un homme qui n'est pas capable d'aimer du tout, puisqu'il ne s'aime pas lui-même.

Comment m'en sortir ? Comment le sortir de là ? Je n'y crois plus.

J'emmerde tout le monde. Je suis retournée à Marseille, entre deux tentatives de suicide, pour rien, car je n'ai pas réussi à lui dire que je le quittais. Ça s'est passé comme d'habitude : mal. Il n'y a pas eu d'overdose, pas de bagarre, pas de flics. Il ne s'est rien passé de particulier. Les mêmes galères. Il traîne à Marseille, rentre le soir, se bourre la gueule et voilà.

Je lui ai écrit « Je te quitte ». Il n'a pas compris. Sa réponse est à sauter au plafond.

Il est retourné en prison, il ne sait toujours pas pourquoi... Il m'écrit pour me demander du fric, des timbres. Il me dit que son père est un con, et termine sa lettre en parlant de la façon dont il m'a contaminée : « J'ai commis un crime, je ne me le pardonnerai jamais. Écris-moi, je n'ai plus personne. »

Il avoue au bout d'un an et demi ? Avant, il n'était que « désolé ».

Il geint, réclame de l'amour, du fric, des lettres. Il n'a pas compris que je n'en peux plus. Que je ne veux plus de lui, que j'ai froid dans le corps et dans le cœur, que je sors d'un lavage d'estomac, que je suis bourrée de tranquillisants. Mais au lieu de l'envoyer au diable, j'envoie un mandat, j'écris, je rassure.

Je me ronge, et je me resuicide... Toujours cette boîte de comprimés dans la main... On l'ouvre, on sort les médicaments, on les compte parfois, on les remet dans la boîte, on envoie valser la boîte, on ne veut pas les prendre, et puis on retourne la ramasser. Et à un moment on se dit : « C'est bon, y'en a marre, je les prends. »

Je déverrouille la porte de la chambre, je m'allonge sur le lit, j'éteins la lumière, je laisse la musique et j'attends.

Je roule ma tête sur l'oreiller ou un nounours et je pleure contre eux. J'ai l'espoir que quelqu'un entre. Mais je ne vais jamais chercher de l'aide.

Ça me paraît long. Pourquoi je ne m'endors pas maintenant ? Pourquoi c'est si long à venir ? Ça tourne, c'est lourd, ça pèse sur l'estomac. On les sent, ces comprimés.

J'attends, j'attends. Mais l'attente est longue, infernale.

Parce qu'on a peur de craquer, de se diriger vers les toilettes ou d'appeler les parents au secours. On ne sait pas encore si on va atterrir à l'hosto ou pas. On a envie de prendre le téléphone, d'appeler l'hôpital ou les pompiers et de leur dire : « Venez vite, j'ai pris des comprimés, je ne sais pas quoi faire, je suis perdue. »

C'est long. Ça dure une demi-heure maximum, et ça paraît des heures. On sait qu'on a fait une connerie et on la regrette déjà.

« T'es vraiment une conne, Barbara, d'en arriver là. C'est complètement con ce que tu fais. Y'en a marre. Est-ce que je vais mourir ? Est-ce qu'il va y avoir encore un lavage d'estomac ? Combien de temps je vais rester à l'hôpital ? Est-ce qu'on viendra me voir ? Et si c'est trop tard… »

Je me vois mourir. J'imagine l'enterrement. Je mets ma mort en scène. Tous mes amis sont là. Généralement les gens pleurent, et moi aussi. Il y a énormément de fleurs sur la tombe. Puis je m'endors. Et j'oublie.

Je me réveille à l'hôpital, un tube dans l'estomac. Je ne me souviens pas toujours de tout.

Une fois, j'avais avalé les comprimés depuis un quart d'heure quand le téléphone a sonné. Ma mère est venue cogner à la porte ; c'était pour moi. J'ai pris le téléphone et quand j'ai vraiment retrouvé la réalité, j'étais à l'hôpital. J'ai sûrement dit quelque chose pour m'y retrouver aussi rapidement.

La seule fois où ma mère m'en a parlé, elle a dit :

— Tu as dû prendre tes comprimés dans la chambre. A un moment, tu es venue dans la salle à manger pour nous dire on ne sait quoi, tu te cognais partout, dans la télévision, dans les meubles, tu disais des choses incompréhensibles, tu nous accusais. Tu disais : « C'est votre faute, c'est votre faute. » Tu ne voulais pas aller à l'hôpital, tu te débattais. Tu disais : « Non, je veux crever ici, laissez-moi tranquille, j'en ai marre, je ne veux pas aller à l'hôpital. Antony est un enfoiré avec moi et en plus je suis séropo. »

Mes réflexions finissaient souvent ainsi, à cette époque-là : « En plus je suis séropo. »

Il n'y a rien de pire.

Elles tournent dans ma tête, les mauvaises idées, je me dis : « De toute façon, je vais bien finir par crever un jour.

Tout le monde essaie de me rassurer, mais je n'y crois pas, tout le monde me ment. Je ne veux pas mourir de ça, ça fait trop mal. Je ne veux pas qu'on me voie laide. Quitte à mourir, autant que ce soit une belle mort. Autant mourir tout de suite, ça débarrasserait tout le monde. De toute façon, on y passera tous un jour ; moi, mon jour, c'est maintenant. Je ne veux plus continuer, j'en ai marre. »

J'ai fait ça combien de fois ? Cinq.

La quatrième, j'avais pris des comprimés rapportés de Marseille. Antony en avait acheté plusieurs boîtes et me les avait données pour s'interdire de les prendre d'un coup. Chaque fois qu'il en demandait, je disais : « Non, tu en as pris assez. » Il fouillait dans mon sac jusqu'à ce qu'il les trouve. Finalement, j'avais si bien caché les boîtes que je les ai rapportées à Chartres avec moi, je n'y pensais plus. Mais cette quatrième fois, je n'avais plus de tranquillisants. Rien. Le médecin n'avait pas voulu m'en redonner, mes parents non plus. Ils avaient jeté tous mes médicaments, sauf les boîtes d'Antony, dont ils ignoraient l'existence...

La cinquième, c'était pour mon anniversaire. Mes dix-neuf ans. Avais-je donc si peur d'avoir dix-neuf ans ?

La veille, j'ai engueulé ma mère et insulté tout le monde. Le jour de mon anniversaire je suis passée devant eux sans dire bonjour, comme s'ils n'existaient pas, et ils n'osaient pas me parler. Le soir, ils ont déposé les cadeaux sur la table. J'ai craqué encore une fois :

— C'est quoi, cette hypocrisie ? On ne me souhaite pas mon anniversaire de la journée, on ne me parle pas, et le soir on m'offre des cadeaux ? J'en veux pas. Gardez-les.

Et je suis partie dans ma chambre, toujours en furie, pour pleurer. Je me suis jetée sur une boîte de médicaments — j'en avais de nouveau — et je suis restée cinq jours à l'hôpital.

Antony était une fois de plus en prison, il n'existait quasiment plus dans ma tête. Alors pourquoi ? C'était le vide. La solitude séropositive. L'absence d'amour. L'angoisse de l'avenir. Qui aimer ? Comment aimer ? Qui m'aimera ?

Si j'arrive à aimer quelqu'un après Antony, à oublier cette horreur... J'ai si peur de ce que je fais, de ce que je dis aux autres. Je contrôle mal mes sentiments. Pour dire à quelqu'un que je l'aime, père, mère, sœur, frère, ou ami, il me faut énormément de courage et de temps. Du temps pour dire « Je t'aime, je tiens à toi, ne me laisse pas ».

Si j'y arrive un jour, je me sentirai mieux, je soufflerai, et en même temps j'aurai extrêmement peur.

Mon père et ma mère ne comprennent pas cela. Soline et Joffrey non plus. Je voudrais leur parler, leur dire que je les aime, que j'ai aimé Antony, et je n'y arrive pas.

J'étais bouclée dans ma chambre le jour où ma mère est allée annoncer la mauvaise nouvelle à mon frère et à ma sœur. Et je me disais : « Comment va-t-elle s'y prendre ? Quels mots va-t-elle employer ? Je suis lâche, je n'ose pas aller les voir, les regarder en face et leur dire : "C'est vrai, j'ai fait des conneries. Voilà pourquoi, comment." »

J'aurais aimé leur expliquer, les mettre en garde, servir d'exemple. J'aurais voulu donner un coup de main aux parents, parler à ma sœur en particulier. J'étais bloquée. Je ne me voyais pas prendre ma sœur par la main, l'emmener dans ma chambre et lui dire : « Soline, j'ai connu ce garçon, on a fait ci, on a fait ça, il m'a séduite avec ses poèmes, il était beau, j'ai cru que je l'aimais… »

J'aurais tant voulu me confier à elle, l'avoir comme confidente. Je l'aime.

Au lieu de cela, nous nous sommes refermées sur nos vies, nos différences, nos passions et nos angoisses.

Mais c'est elle qui me parle aujourd'hui.

Je me remets lentement de ma dernière course vers la mort, seule dans ma chambre, et Soline demande :

— Est-ce que tu as peur du sida ?

— Oui, j'ai peur.

— N'aie pas peur. Moi, je serai toujours là, papa et maman aussi, et Joffrey, même s'il ne comprend pas, même s'il est jeune. On t'aime beaucoup, on voudrait pouvoir te dire les mots qu'il faut, mais on ne sait pas lesquels, ni comment les dire. Alors on se tait, on te regarde faire, mais ça nous fait mal, cette histoire.

C'est la première fois qu'elle me parle ainsi, avec autant de sincérité. Et j'en ai toujours rêvé. Soline, ma sœur, trouve les mots pour parler du sida, pour parler de son amour pour moi. C'est si simple de parler ?

Elle pleure, et parle encore, pour répéter qu'elle m'aime, qu'elle sera toujours là. Toujours.

— Si tu as peur, viens me voir. Je veux que tu m'en

parles, je veux que nous soyons vraiment sœurs maintenant, proches l'une de l'autre. Je suis comme toi, tu sais, j'ai moi aussi rêvé d'aimer un homme. Je ne suis pas souvent là, j'ai mes études et souvent je travaille le week-end. Je sais bien que je ne vous accorde pas beaucoup de temps, à toi comme aux parents et à Joffrey, mais je suis là et je pense très fort à vous. Ce n'est pas facile pour moi non plus. Il m'arrive souvent de pleurer. Il faut que ça change, qu'on se parle. Il faut bouger. Il ne faut plus de dialogue de sourds entre nous, avec chacune sa petite vie dans son coin. Nous allons faire attention, prendre soin l'une de l'autre. Il faut se soutenir, s'amuser, parler…

Soline, ma grande sœur. Soline inconnue, qui se révèle.

Et moi, qui ne sais quoi dire. Envie de pleurer. Et non, je ne pleure toujours pas. J'ai pleuré plus tard, seule.

Je n'ai pas osé lui dire que je l'aimais. Je n'arrivais pas à le sortir, à pleurer devant elle. Pourtant, ça m'aurait fait énormément de bien.

Ils ont dû penser, tous, que je ne les aimais pas…

Souvent je me suis dit : « Vas-y, demande pardon, excuse-toi, dis ton mal de vivre, raconte ton angoisse, explique ta difficulté d'aimer. »

Parfois, j'ai envie de serrer mon père ou ma mère dans mes bras, de leur dire que je les aime, mais c'est encore impossible. Et eux n'osent plus, maintenant. S'ils s'approchent, tentent un geste de tendresse, je recule. Je n'y arrive pas. Évidemment je les aime, je voudrais pouvoir le montrer, mais c'est trop dur encore, je ne suis pas encore assez bien dans ma tête. Culpabilité, honte.

Pour eux, aimer, embrasser, pleurer, le dire, c'est se foutre à poil, se dévoiler, être réel. Et j'en ai si souvent envie… besoin. Pourtant, j'ai pleuré devant eux, mais sans les yeux. J'ai pleuré avec mon cœur, sans que les larmes coulent, sans le montrer. Secrètement.

Aujourd'hui, c'est fini. Je ne me foutrai plus en l'air. Ce serait trop facile, c'est Antony qui gagnerait. Il a suffisamment triomphé comme ça. C'est fini. Il a foutu en l'air toute ma famille.

J'ai la haine. Une haine empreinte de dégoût. Je ne dis pas que je le hais pour me donner bonne conscience, non, j'ai analysé soigneusement cette haine au fond de moi. Et maintenant j'en suis sûre.

Quand on me demande quels sont mes sentiments pour lui, alors je réponds sincèrement : « Je le hais. »

Pour le virus qu'il m'a transmis. Pour les mensonges, tous les mensonges. Il ne m'aimait pas, il a profité de moi. Je ne me reconnaissais pas. J'ai traîné dans le ruisseau avec lui, j'ai galéré, j'ai zoné.

C'est un zonard, et dans la zone on traîne, on ne travaille pas, on ne fout rien de sa vie. On regarde les autres en se tournant les pouces, on est lâche, on fait des conneries.

Antony a toujours son père, la porte de sa maison lui est grande ouverte, je le sais. Quand il a eu des problèmes, il a su y aller, réclamer de la thune, des vêtements, à manger. Mais il ne restait pas longtemps.

« Mon père est un gros con. » Un homme courageux, au contraire, qui a payé le loyer de son fils quand il était en taule, et qui continue peut-être à le faire, s'il n'a pas usé son amour pour lui. Mais que peut-il contre la drogue ? On ne peut pas partager ça. On est largué, dans un autre monde. Il y a rupture totale de communication.

Antony est drogué, alcoolique, séropositif, peut-être malade à l'heure qu'il est. Je ne lui souhaite pas la mort, mais je n'ai plus de pitié pour lui.

Si je pouvais l'effacer totalement de ma mémoire, d'un coup de haine, je le ferais.

En deux jours il m'a tuée. J'étais vierge, je lui ai fait confiance, je lui ai donné mon âme, je lui ai donné mon corps, je lui ai tout donné, et lui m'a refilé la mort.

Je n'ai plus que le rêve d'avant, celui des photos de l'album de famille.

Cinq ans, dix ans, seize ans… Les images de Noël et d'anniversaire, les cadeaux ouverts, les peluches, la jolie robe…

Dix-sept ans. Plus de photos.

DEVANT TOUTE LA FRANCE

30 novembre 1993. Une conférence sur le sida est organisée dans un lycée chartrain. Le docteur Éric Chapeau l'anime. Je viens en spectatrice angoissée.

C'est la première fois que je rencontre Éric Chapeau. Il est jeune — trente-cinq ans — et se bat contre le sida depuis douze ans. Peu avant la conférence, je lui suis présentée par le biais d'une association. Éric sait que je suis séropositive et me demande de témoigner. Je refuse. Mais son intervention, devant tous ces lycéens, me bouleverse. Et je monte sur scène… J'ai peur, j'ai honte, puis je me dis : « Il faut que je me montre, tant pis, on s'en fout. Je suis de leur âge, il faut y aller. »

Quand ils me voient, il y a un silence consterné. Ils me regardent tous fixement, ils ne s'attendaient pas à ça.

Je sens qu'ils se posent des questions : « Merde, elle est jeune, comment ça s'est passé ? »

Je me demande ce que je fais là. Comment se fait-il qu'après un peu plus d'un an de galère je me retrouve devant plus de trois cents lycéens pour témoigner ? Je ne me reconnais plus. C'est bien moi, Barbara, qui se découvre sous ces regards curieux, Barbara qui sert d'exemple, Barbara qui souffre et commence à comprendre quelle connerie elle a faite…

Je suis l'exemple sur pied. J'arrive avec mes dix-neuf ans, Je raconte ma naïveté, ma souffrance.

J'espère qu'ils m'entendent.

Les questions s'enchaînent.

— Comment est-ce que tu as été contaminée ?

Quand je leur dis que ce garçon se savait séropositif, ils râlent : « C'est un salaud… », « C'est dégueulasse… », « C'est pas possible, ça peut pas exister… »

Là, ça a fait tilt dans leur tête. Ils se sont dit qu'ils devaient faire gaffe.

Puis viennent les questions du genre : « Et si mon copain refuse le préservatif, comment je fais ? Est-ce qu'il faut toujours faire l'amour avec un préservatif ? »

Pendant deux heures on discute de ce qu'ils n'osent pas demander à leurs parents ou aux autres adultes.

Ils ont besoin de moi. Et moi d'eux. Je sers à quelque chose.

Je repars pleine de courage. Je comprends que la vie n'est pas si laide. Témoigner m'a apporté une force et une envie de lutter contre la maladie.

Mais cette force ne dure pas. Le désespoir me gagne peu à peu. A nouveau je me sens abandonnée, je refais un passage à l'hôpital. Un accident de comprimés, une fois de plus. Mes parents sont épuisés. Ils travaillent et n'osent plus me laisser seule à la maison de peur que je recommence. Le psychiatre propose l'internement ; je suis « irrécupérable ». Mi-janvier mes parents, complètement perdus, demandent de l'aide à Éric.

Il me propose de travailler en sa compagnie comme bénévole pour son association. Pour continuer à faire des conférences et aussi pour connaître d'autres personnes. Je me sens enfin utile. Je suis différente et peu à peu je retrouve espoir. Je deviens plus exigeante envers moi-même.

Je crois que je suis heureuse...

Dix-neuf ans. J'ai donné des conférences dans les lycées, je me suis mise à nu, mentalement à nu, pour expliquer que l'on n'est pas sérieux quand on a quinze ou dix-sept ans...

J'ai souffert de parler, j'en ai pleuré. Je me suis révoltée aussi. Pourquoi nous ? Pourquoi sommes-nous obligés, nous les malades, d'aider les autres ? Qu'est-ce qui ne va pas dans cette histoire d'information pour les jeunes ?

Mon petit frère a quatorze ans. Personne ne lui montrera comment on met un préservatif : je lui en ai donné ; il a grandi avec le préservatif. Ça ne le fait pas rigoler quand on en parle, mais il y pense.

Moi, en racontant ma vie, j'ai décidé de prendre les devants. J'aurais aimé qu'on le fasse pour moi, que le médecin du centre m'emmène dans son cabinet pour me dire, à la seconde où il m'a vue tenir la main d'Antony, que ce garçon était séropositif. Je lui en veux. Surtout parce que c'est un médecin. Sans dénoncer, un médecin doit faire son boulot. Il est là pour sauver les vies ou pour les protéger. Quand la vie de quelqu'un est en jeu, est-ce qu'on ne peut pas faire abstraction du secret médical ? Surtout quand on connaît le passé de quelqu'un comme Antony. Quand on l'accueille dans un centre de repos au milieu des autres, des gamines comme je l'étais à dix-sept ans...

A ce médecin qui ne m'a pas sauvé la vie, je voudrais dire : « Si vous en voyez un autre, ou une autre, rompez le secret professionnel ; faites-le, pour qu'il ou elle vive. »

Je me montre, aussi, pour ne pas être comme celui que

j'ai rencontré, sournois, lâche, criminel, menteur. Je veux faire face.

J'ai peur de la maladie. Peur de la déchéance, peur de parler du sida. Mais j'y vais !

— Et si on allait au Kiosque ? Tu m'en parles tellement.

Le Kiosque est une boutique sur le sida. On y trouve tout ce qui se rapporte à la « culture sida ». Éric me présente à Nathalie Marvaldi qui tient la boutique. Elle nous explique que Canal Plus recherche, depuis deux mois, une jeune fille qui accepterait de témoigner lors de l'émission Sidaction. Je lui parle des conférences et de mon témoignage. Aussitôt après, elle téléphone au journaliste de Canal Plus qui me fixe rendez-vous. Nous sommes le 30 mars, Sidaction est pour le 7 avril.

Ce soir-là, la scène est loin, immense. Cette fois, c'est la télévision, toutes les télévisions de France.

J'ai une boule dans la gorge, je tremble. J'ai peur de décevoir, peur de pas réussir à sortir un seul mot. Je vais me planter, je vais craquer devant tout le monde. Ça a commencé trois jours avant, et la veille, à la répétition, c'était pire. Il y avait Dechavanne, Frédéric Mitterrand, Bruno Masure, Muriel Robin, des journalistes. Quelqu'un de connu en face de moi, et je reste souvent pétrifiée sur place, incapable de décoincer un mot.

Personne ne me connaissait. On m'a dit :

— Tu feras l'ouverture avec Jérôme. Il est séropositif également.

Jérôme a écrit son témoignage sous la forme d'un poème qui commence par : « Moi, je ne suis ni Dieu, ni maître, mais un homme comme vous autres… » avec une conclusion magnifique. Je préfère témoigner autrement, plus crûment. J'en ai marre de la poésie. On en meurt aussi.

Ça n'allait pas du tout : le bruit, les caméras, les gens qui couraient un peu partout. Je me concentrais pour marcher droit vers le micro, sans tomber, ni fondre en larmes.

J'avais des petites bottines à talons, un petit short noir court, un collant, un tee-shirt, et un gilet un peu hippie, rouge avec des espèces de fleurs. J'ai commencé à dire mon texte :

— Bonsoir, je m'appelle Barbara, j'ai dix-neuf ans…

Au deuxième paragraphe, je n'avais plus de souffle. « Je ne vais pas y arriver, je n'en peux plus… »

Frédéric Mitterrand s'est approché :

— Enchaîne, enchaîne.

Enfin quelqu'un qui s'intéressait à moi. Alors j'ai continué. Et Dechavanne est arrivé de l'autre côté :

— Plus proche du micro, on ne t'entend pas.

Il fallait que je parle fort, que je sois proche du micro, que je regarde telle caméra, que je ne me goure pas dans le texte. « C'est pas possible, c'est trop difficile, je n'y arriverai pas. »

Enfin, c'était fini. J'ai laissé la place à Jérôme et attendu à côté de lui, en me disant : « C'est nul, je n'y arriverai pas, je ne peux pas, je vais laisser tomber. » Jérôme butait sur certains mots, comme moi. Il bafouillait un peu, mais s'en sortait vraiment mieux. Toute la journée du lendemain, j'ai travaillé mon texte.

L'émission, la vraie, celle qui concerne la France entière, en direct, commence à 20 h 45. On m'a dit d'être sur place à 19 heures, de prendre l'entrée des artistes. Éric m'accompagne. Mais personne ne nous connaît ; le planton parlemente :

— Vous êtes qui ?

— Je m'appelle Barbara Samson, je dois faire l'ouverture du Sidaction.

— Qu'est-ce que vous devez dire ?

— Je témoigne, je viens pour témoigner.

Je ne vais tout de même pas lui dire : « Salut, ici Barbara, séropo, c'est moi qui cause ! »

— Ah bon !

Puis, se tournant vers Éric :

— Et vous, vous êtes qui ?

Il nous a fallu cinq minutes pour entrer là-dedans. J'ai failli laisser tomber à la porte.

On m'emmène au maquillage, à côté de Line Renaud et de Mireille Dumas. Je m'assieds et j'attends. Les maquilleuses discutent entre elles, sans se presser, en me regardant d'un drôle d'air. Du style « C'est qui celle-là ? qu'est-ce qu'on doit en faire ? ». Enfin, l'une d'elles approche.

— Oui ? c'est pourquoi ?

— C'est pour me maquiller.

— Ah bon, c'est pour participer à l'émission ?

— Oui, je dois faire l'ouverture, donc je n'ai pas beaucoup de temps devant moi.

« Arrête, Barbara, d'être susceptible. Ça ne se voit pas sur ton visage, le malheur que tu viens dire ici. Elles s'en foutent ? Eh bien, elles s'en foutent. »

Le maquillage ne me plaît pas. Trop foncé. Je ne me reconnais pas ; une bonne couche de rouge à lèvres trop rouge, un trait noir au-dessus de la paupière, du mascara, un drôle de violet sur les paupières.

On m'offre un plateau repas. Pas faim.

— Mange, tu pourrais avoir un malaise…

Pas question.

Ça ne va pas. Je me trouve une tronche et un maquillage de salope. Et je pense à mes parents. « Est-ce qu'ils vont me reconnaître ? »

Une assistante vient me chercher :

— Dans vingt minutes, l'émission commence. Vous allez prendre la place que vous aviez hier à la répét. On y va.

Mon cœur bat. J'ai les mains moites, je n'arrête pas de les essuyer sur mon collant, sur mon gilet, sur tout ce qui me tombe sous la main, même sur le costume d'Éric, mon ami médecin.

Je tiens ma feuille et je la tortille dans tous les sens, je la regarde, je la retourne, je la plie en deux. Tous ces gens connus autour de moi me font peur. C'est le vide dans ma tête.

Je me mets en place à côté de Jérôme. On attend.

Passent des stars, l'une particulièrement hautaine, fière, assez froide. Son accompagnateur s'arrête devant nous.

— Je vous présente Jérôme et Barbara, les deux témoins qui font l'ouverture de l'émission.

— Bonjour, enchantée.

Princesse. Sans plus. Elle va s'installer à une place d'honneur, après nous avoir serré la main en la touchant à peine. Une autre, adorable, star de ma génération, m'embrasse. Merci, Vanessa Paradis. Tout le monde ne nous embrasse pas, vous savez…

Générique, musique, le temps que les gens entrent en

scène. Comme nous sommes les derniers, j'ai le temps de m'angoisser.

— Et si j'ai un trou de mémoire ? Si j'arrive pas au bout, qu'est-ce que je fais ?

— C'est pas grave, tu t'arrêtes, personne ne t'en voudra. Le principal, c'est que tu sois là, que tu te montres et que tu commences à parler. Et, de toute façon, Jérôme est derrière toi.

Jérôme a aussi peur que moi, mais il est très calme. C'est peut-être un masque qu'il porte. Je ne sais pas ce qu'il pense. Sensation amère d'être en cage, isolés, les deux séropositifs de l'attraction du soir.

En cage, parce que détachés du groupe d'animateurs, de stars, de journalistes. Deux symboles vivants de cette maladie mortelle, au milieu de la scène, un micro planté devant eux. Les caméras œil inquisiteur, l'immense foule inconnue, devant des milliers de postes, le public de la salle.

Le monde a les yeux braqués sur nous.

Les regards, l'immobilité de tous ces gens… ce silence soudain.

Pourvu que je ne pleure pas.

Il n'y a pas d'ordre précis, les premiers arrivés se sont placés sur le devant de la scène, un cercle humain, dense, au travers duquel nous devons nous faufiler, pousser, dire pardon, excusez-moi…

Tous ces gens sont célèbres et ne nous connaissent pas. Ils doivent se demander qui nous sommes, à nous voir avancer comme ça, droit sur les caméras, au milieu de la scène.

Je vais flancher, repartir en courant, mais Jérôme a ce geste très amical, très beau, de me prendre la main, de la serrer très fort, et de me guider. Il a vu que j'avais du mal à avancer. Paumée, affolée par tout ce monde, tous ces yeux… Je n'ai que lui à ce moment-là, il est mon seul pilier.

Je m'arrête d'un coup. J'avais encore deux pas à faire pour me retrouver à la place prévue, au niveau des caméras. Mais je m'arrête. Mes jambes ne me portent plus, elles sont lourdes, bloquées. « Je ne peux pas, je ne peux pas, je ne vais pas faire les derniers pas, je vais restée plantée là et tant pis, Jérôme va y aller tout seul. »

Jérôme devine que je ne suis plus. Il se retourne, inquiet.

Et Dechavanne, que je n'avais pas vu à ma hauteur, me prend le poignet :

— Allez, poulette, fais comme hier, c'était parfait.

Je le regarde, étonnée. Jérôme me reprend la main, me pousse en avant, me plante devant le micro.

Avant de parler, je le regarde. Il a un petit sourire, l'air de dire : « Ça va bien se passer, ne t'inquiète pas, je suis là. »

J'ai commencé à lire sans m'en rendre compte. La boule est là, coincée dans ma gorge. Les mots sortent mal, je sens que je n'ai pas de voix. Ils ne vont pas m'entendre, ça va être affreux. Et j'ai envie qu'ils m'entendent. Je me rapproche du micro, si près que j'entends mon propre souffle.

Les premières phrases sont dures à passer. Ensuite, j'ai l'impression que la voix se casse. Ça passe mieux. Je prends plus de temps, je marque des pauses.

Il y a un silence de mort dans cette salle.

— Ce fut ma première et ma dernière grande histoire d'amour.

C'est fini. Je suis arrivée au bout, les gens applaudissent.

Je les entends assez loin. Brouillard dans la tête, oreilles bourdonnantes, cœur affolé, mais je les entends.

Je voudrais m'en aller, fuir le champ de la caméra, des animateurs, de tout ce public, mais c'est au tour de Jérôme. Je lui laisse la place, il m'embrasse avant de parler.

Les applaudissements s'arrêtent et il se lance à son tour.

Les gens applaudissent à nouveau, il me reprend la main, nous descendons les marches.

Je ne pouvais pas parler à mes propres parents, et je viens de parler à la France entière. Ma vie, mon malheur, ma souffrance résumés en deux minutes. Deux minutes pour deux ans.

Vertige.

Perdus, un peu paumés, Jérôme et moi nous asseyons sur une espèce de muret dans le décor, derrière les caméras.

Deux petites bêtes apeurées.

On se sent tout petits, et tellement importants aussi par ce que nous venons de faire. Mais nous ne parlons pas. Ce n'est qu'un échange de regards. Silence des oiseaux libérés de leur cage.

Je pense à Antony. Au voleur dans sa prison. Il regarde la télévision, le programme est sur toutes les chaînes, il n'a pas pu passer à côté. J'espère qu'il va comprendre. En me voyant, en écoutant mon message, il ne peut que comprendre. Tout est sa faute, définitivement. Il faut qu'il se sente coupable, réellement. Qu'il prenne conscience, comme il ne l'a jamais fait de sa vie.

J'espère qu'il va penser que je le hais, que je le méprise, et en même temps cela m'est complètement égal.

Je me fous de ce qu'il peut penser de moi, je m'en moque totalement. Il n'a jamais pensé à moi avant, il ne pensait à moi que lorsqu'il avait besoin de ma thune ou de mon aide, ou de n'importe quoi.

Il va ressortir de prison un jour. Je l'imagine très bien ; gros plan sur lui : il va rencontrer une autre fille, lui montrer ses poèmes, faire l'amour avec elle, lui dire qu'il l'aime, qu'il veut vivre avec elle, la tromper jusqu'au bout. Il va profiter de sa gentillesse, de sa naïveté, de sa jeunesse, et la contaminer lâchement. Lui donner la mort. Et si la pauvre fille finit par l'apprendre, elle va se tourner vers lui et demander : « Pourquoi moi ? » Et là, il va jouer le pauvre type paumé, le persécuté, le séropo condamné. Et elle finira par craquer, par faire comme moi, par se dire : « C'est mon seul recours, je suis comme lui, je n'ai plus que lui, je reste. »

Et moi, je ne peux rien faire, je ne sais pas quoi faire. Je n'ai aucun moyen de la défendre, cette fille-là, d'empêcher ça. Je ne peux quand même pas retourner à Marseille à sa sortie de prison et le buter, ou le dénoncer à la France entière. Au monde entier. Faire placarder une affiche avec sa tronche en disant : « Faites attention, cet homme est dangereux… »

Que faire, je ne peux pas aller devant cette caméra dire : « Il s'appelle Antony Machin, il a trente ans, regardez bien sa photo, ne l'aimez pas ! »

Je n'ai pas le droit. Je suis démunie. Je n'ai que ce témoignage, celui de ma vie.

Rappelez-vous Barbara, cette jeune fille de dix-sept ans qui s'est laissé avoir.

Mon visage, mon nom, on s'en fout, mais l'histoire en elle-même, non, ne l'oubliez pas.

On prévient les gens lorsqu'un médicament est dangereux, on affole l'Hexagone, les médias se mettent en quatre, en huit. Mais dire « Cet homme est dangereux », personne ne le peut. Attention : ségrégation, dénonciation, racisme, secret médical, droits de l'individu. A condition que l'individu soit un véritable individu. Un être humain, conscient responsable.

Lui, c'est n'importe qui. Il peut passer pour quelqu'un de tout à fait normal, pour quelqu'un qui n'est pas drogué, pour quelqu'un qui écrit de très jolies choses... Il peut passer pour quelqu'un qui aime.

Combien sont-ils comme Antony ? Drogué, irresponsable, veule et lâche : « Je me fous de tout, et d'abord de moi, donc vous n'avez rien à me dire, rien à me conseiller, rien à m'ordonner. »

S'il reste en prison, s'il accepte un suivi psychologique, un vrai, au lieu d'envoyer promener sans arrêt les malheureuses assistantes sociales qui s'épuisent à le sauver de lui-même, il a peut-être un espoir : celui d'être un homme, un vrai, avant de mourir. Sinon, à peine lâché, comme un fauve malfaisant il s'en prendra à une inconnue jeune, naïve, qui risque sa peau en ce moment, et ne le sait pas encore.

Le coup de foudre, je sais ce que c'est. On se sent si bien sur son petit nuage, on se sent aimée, on se sent *vivre*. Mais après... Le virus ne fait pas de détail, il ne cherche pas à savoir s'il est tombé sur quelqu'un qui le mérite ou pas. De toute façon, personne ne mérite ça ! Lui, le virus, il fait son boulot. Il refile l'horreur ; il est programmé pour ça.

Alors ? Reste la culpabilité profonde, que je dois transmettre à mon tour à Antony, comme un lambeau de conscience. Le choc de ce texte :

« Il se savait séropositif, mais par négligence ou peur de me perdre, il ne m'a rien dit. Ce fut ma première et ma dernière grande histoire d'amour. »

Je le protège encore de deux mots : négligence, et peur.

Je ne le traite pas d'assassin.

J'aurais peut-être dû ?

Une semaine plus tard, il m'écrit de sa cellule : « Je viens de te voir à la télé. Tu as l'air en forme, tu étais très élégante, tu as bien parlé, j'ai vu que tu te portes à merveille. J'étais fier de toi, mes potes étaient contents... »

Rideau.

C'est l'ultime humiliation. On ne peut même plus avoir pitié de lui, il ne comprendra jamais.

Ses « potes » savent qu'il est séropositif. Il a dû se vanter devant eux, et les potes de poser des questions : « Raconte comment elle est ? Tu l'as baisée ? C'était où ? »

Je ne peux plus supporter l'idée qu'il existe. Qu'il est vivant, con à ce point, dangereux à ce point. Sa lettre est minable, il est cancre en tout. Il s'est même trompé de date : il a d'abord écrit 1992 au lieu de 1994. Comme s'il revenait inconsciemment deux ans en arrière.

Mes dix-sept ans. La promenade sous les tilleuls. Au temps où il me troublait avec de mauvaises copies laborieusement reproduites de poèmes volés à Jim Morrison :

J'ai touché sa hanche
Et la mort a souri.

Disparais de ma vie, Antony.

Voilà, j'ai fini. « Je suis venue vous dire que je m'en vais. » Je vais survivre. Travailler. Me bagarrer pour l'information. Parce que j'ai eu dix-sept ans, l'âge de tous ceux et de toutes celles qui attendent ou cherchent l'amour. Que faire d'autre, sinon leur servir de mauvais exemple ?

J'ai rencontré un homme « négatif », je suis une jeune femme « positive ». Il le sait, je le sais ; nous savons.

Puisque je suis un peu le symbole de la *Confession d'un enfant du siècle.*

Alors s'assit sur un monde en ruines
une jeunesse soucieuse.

Pas simple.
De vouloir s'aimer.

Table

Achevé d'imprimer en août 2006 en France sur Presse Offset par

BRODARD & TAUPIN

GROUPE CPI

La Flèche (Sarthe).
N° d'imprimeur : 35881 – N° d'éditeur : 74539
Dépôt légal 1re publication : avril 2006
Édition 15 – août 2006
LIBRAIRIE GÉNÉRALE FRANÇAISE – 31, rue de Fleurus – 75278 Paris cedex 06.

31/3947/4